KB270655

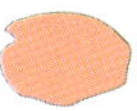

마광수의 아포리즘, 낙서화첩

소년 광수의 발상

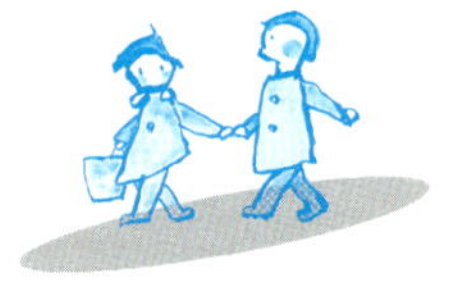

서문당

* 서시
(머리말을 대신하여)

인생 종반의 문턱에 서서

나는 꿈으로 산다
그리움으로 산다
겉 나이는 먹지만
마음의 나이는 먹지 않는다

일평생 허무주의
인생의 보람에 대한 미련은 없다

계속 야하고 싶다
변절하고 싶지 않다

2011년 5월 馬光洙

목 차

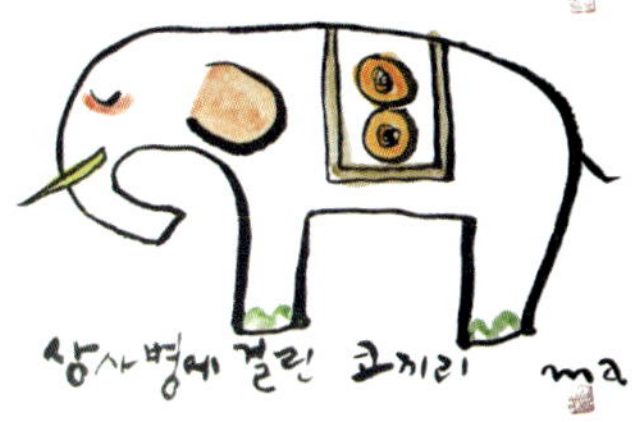

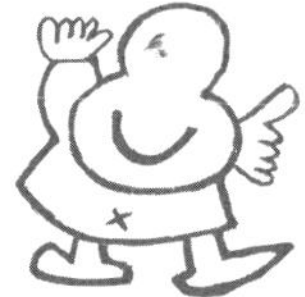

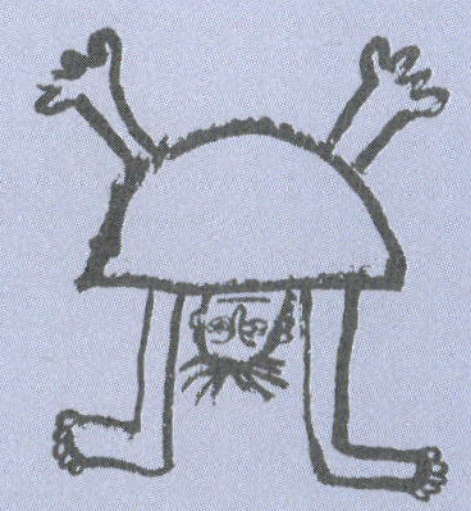

1.
거꾸로
보는
세상은
아름답다

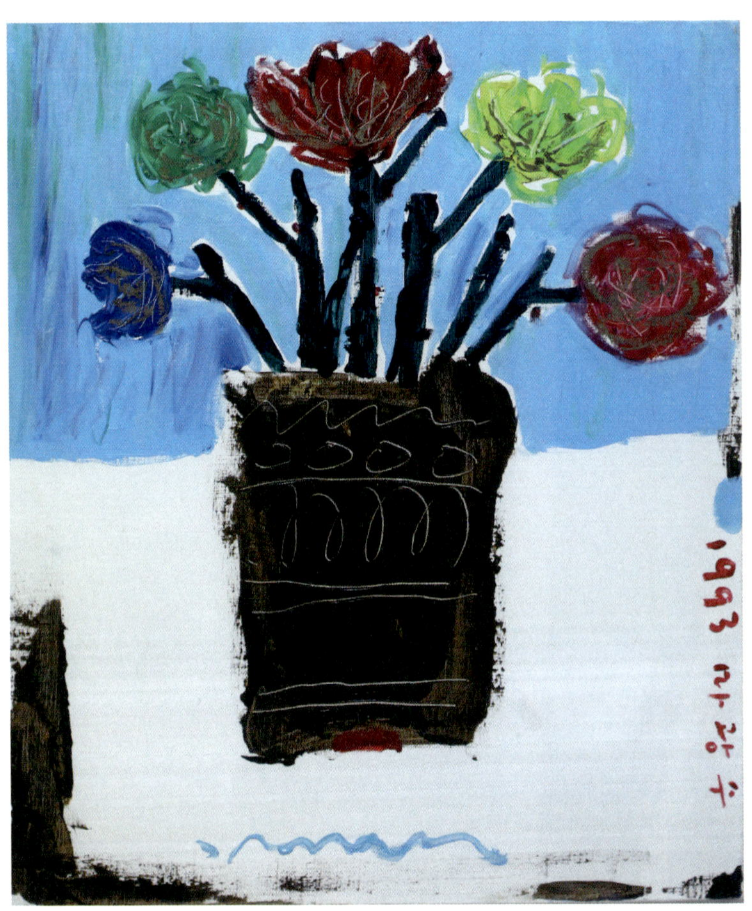

■ 꽃은 아름다운가

꽃을 보면 눈물이 난다

나는 꽃들이 가지각색으로 다투어 피어 있는 것을 보면 눈물이 난다.

겉으로만 보기엔 그저 아름답고 낭만적인 풍경일 수 있다. 하지만 꽃들이 흐드러지게 피어나는 것은 단지 자연의 아름답고 평화로운 섭리 때문만은 아니다. 꽃들은 한가롭게 피어나는 것이 아니라 안간힘을 쓰며 피어나는 것이고, 결국은 치열한 '사랑 뺏기' 싸움에서 승리하여 종(種)을 영속적으로 보존하기 위해서 피어나는 것이다.

꽃들이 다투어 악쓰며 피어나는 것은 결국 종족보존의 욕구를 실현시키기 위한 자웅의 결합이 목적일 것이다.

꽃들은 그 때문에 관능적인 교태와 암내 섞인 향기, 그리고 달콤한 꿀로써 벌들과 나비를 유혹하는 것이지, '아름다움' 그 자체를 위해서 그러는 것은 아니다. 꽃들은 누군가에게서 사랑받으려고 갖은 애를 써가며 몸부림치고 있다.

"날 좀 봐줘요, 제발 날 좀 사랑해줘요."

라고 말하며 꽃들은 처절하게 울부짖고 있다.

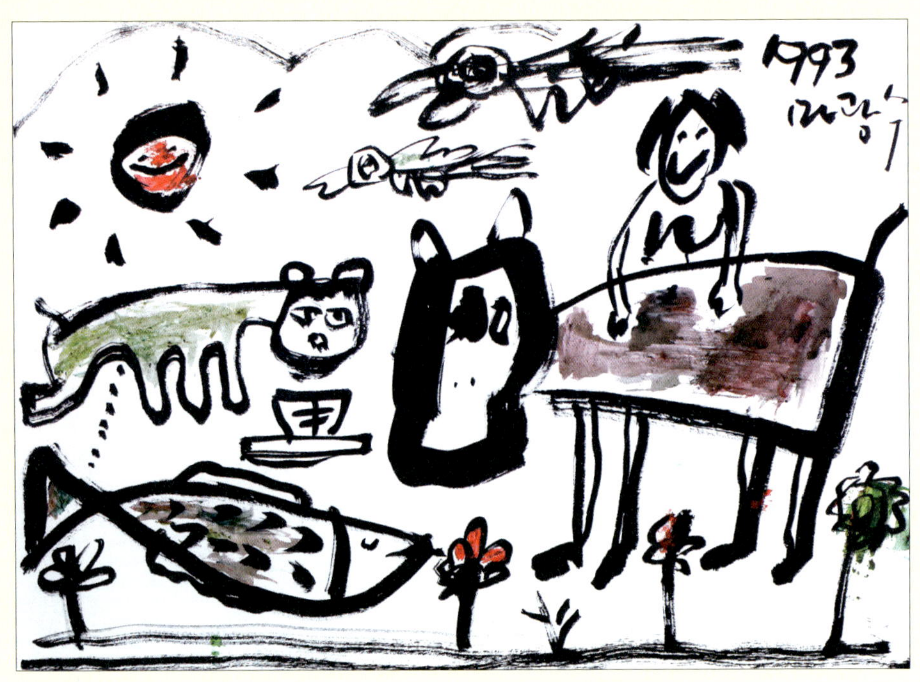

■ 삼라만상

먹고 먹히는 곳이 자연

자연(自然)에서는 피비린내가 난다.

흔히들 "자연은 아름답다"고 말한다.

그리고 "자연으로 돌아가자"고도 말한다.

하지만 자연은 아름답지도, 평화롭지도 않다. 자연은 피비린내가 나는 약육강식의 장(場)이다.

먹고 먹히고 하는 과정을 되풀이 하는 곳이 바로 자연이다. 철저히 '먹이 사슬'의 규칙에 의해 유지되는 게 자연이다.

그래서 나는 '자연미(自然美)'를 좋아하지 않는다. 자연미보다는 '인공미(人工美)'가 더 좋다. 이를테면 매니큐어를 안 칠한 곱고 깨끗한 손톱보다는 길게 길러 빨간색 매니큐어를 칠한 손톱이 나는 더 좋다.

요새는 '쌩얼'이니 '투명 메이크업'이니 하는 말들이 유행하고 있다. 그러나 화장 안 한 맨얼굴이 아름다운 여자가 몇이나 되겠는가? 야하고 섹시하게 화장을 하면 '미인'은 못 되더라도 대충 '야한 여자'가 될 수는 있다.

역설적 의도

역설적 의도라는 것이 있다.

어떤 일이 잘 안 풀려갈 때는, 생각을 거꾸로 뒤집어보는 것이 좋다. 그러면 신기하게도 일이 술술 풀려나간다. 이런 심리적 법칙을 ‘역설적 의도(paradoxical intention)’라고 부른다.

이를테면 불면증 때문에 괴로울 때는, “잠을 더 안 자고 버텨 봐야지” 하고 마음먹는 것이다. 원칙적으로 불면증이란 병은 없다. 피곤하면 잠이 오는 게 당연한 순리이기 때문이다. 불면증이란 단지 ‘불면에 대한 공포’일 뿐이다.

잠을 더 안 자려고 버티다 보면 저절로 잠이 온다. 불을 다시 켜놓고서 책을 읽는다든지 하는 식으로 말이다.

하나 더 예를 들자면, 말을 더듬을 땐 “말을 더 더듬어봐야지” 하고 자기암시를 주면 말을 안 더듬게 된다.

인생사(人生事)는 다 이런 식으로 돌아간다. “좋다 할 땐 뿌리치고, 싫다 하면 부여잡고…”라는 노래 가사가 있는데 정말로 맞는 말이다. 행복해지려고 애를 쓰면 절대로 안 행복해지고, 불행해지려고 애를 쓰다보면 어느새 행복해진다.

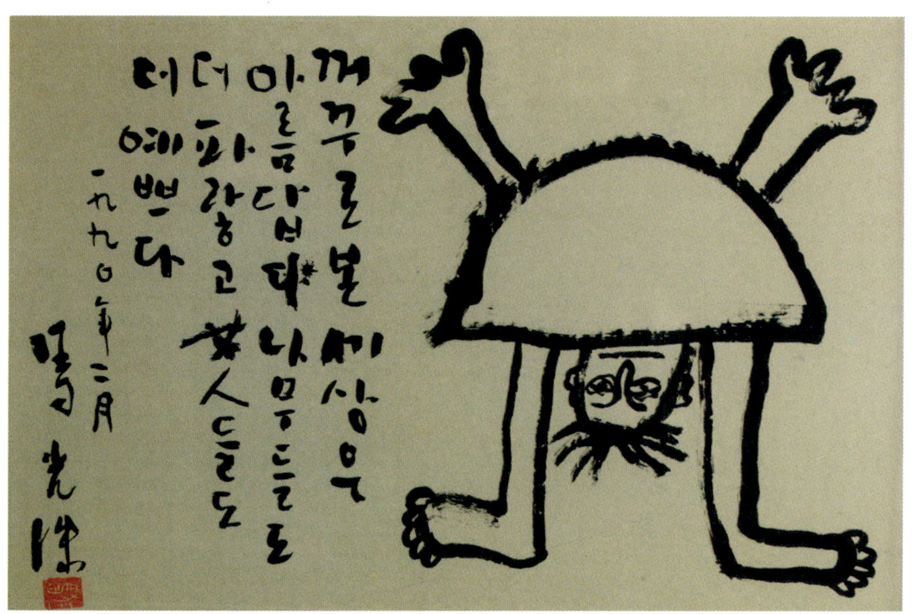

■ 거꾸로 본 세상은 아름답다

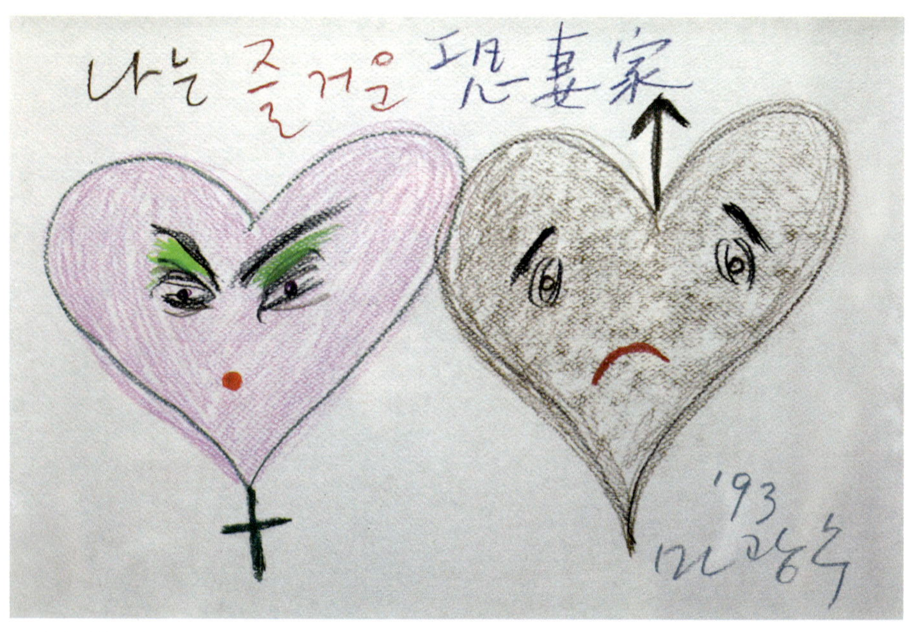

■ 나는 즐거운 공처가

요즘 남자들은 다 마조히스트

프로이트의 고전적 정신분석학 이론에 의하면, 성기의 구조로 보아 남자는 사디스트(sadist), 여자는 마조히스트(masochist)인 것이 원칙으로 되어 있다. 물론 프로이트가 활동할 당시의 사회풍토가 남권주의(男權主義) 시대라서 더 그런 이론이 가능했을 것이다.

그러나 요즘은 여성의 사회참여가 늘어나 '남성상위'가 아닌 '여성상위'의 풍조를 다분히 드러내고 있다. 그래서 '즐거운 공처가' 즉 '즐거운 마조히스트'인 남편들이 점점 더 늘어나고 있다.

나는 이른바 '후천개벽(後天開闢)'이란 것도 세상이 망하고 새 세상이 들어서는 것이 아니라, 남성주도 사회가 여성주도 사회로 바뀐다는 것을 암시한 말이라고 생각한다.

요즘은 초중고 교사의 70%가 여성이고, 초임 법관 발령자의 70%가 역시 여성이다. 남자들이 점점 '여자의 노예'로 전락해가고 있는 것이다.

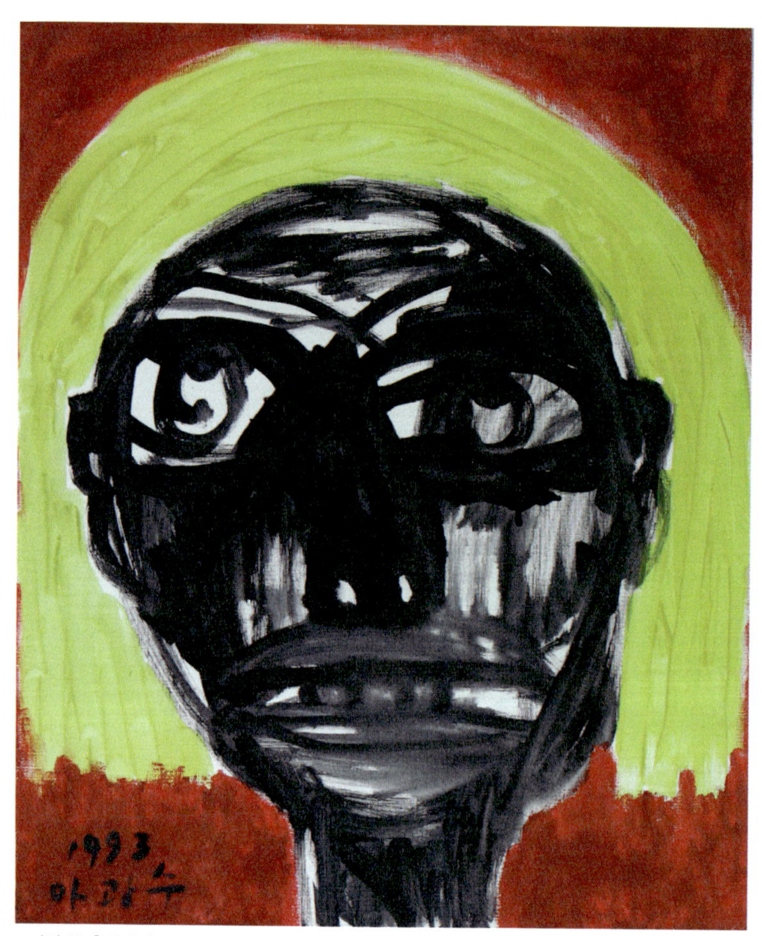

■ 가발 쓴 흑인여자

민족주의는 가라

혼혈적(混血的)인 것은 아름답다.

동양적인 얼굴과 금발로 염색한 머리는 묘한 하모니를 이룬다. 흑인 여자가 금발로 된 가발을 써도 아주 멋지다.

성형수술로 쌍꺼풀을 만들고, 코를 높이고, 광대뼈를 깍고 유방을 부풀려 동양적인 외모를 억지로 서양적인 외모로 만든 여성은, 그 어색하고 안쓰러운 조화감 때문에 한결 야하다. 한결 매력적이다. 흑인 여자가 금발이나 연두색 등으로 머리를 염색하고 '레게 파마'를 해도 무지무지 섹시해 보인다.

동양도 싫고 서양도 싫다. 한국도 싫고 미국도 싫다. 동서양을 한데 섞어 잡탕을 만드는 게 훨씬 더 아름답다. 훨씬 더 평화롭다.

내게 다시 애인이 생긴다면, 나는 우선 왕창왕창 성형수술을 시키고, 빨주노초파남보 갖가지 색으로 머리를 염색시키겠다.

태양도 결국 수많은 별 중의 하나

태양도 결국 수많은 별 중의 하나
특별히 커다란 별이 아니다

너도 결국 수많은 여자 중 하나
특별히 아름다운 여자가 아니다

태양도 결국 수많은 별 중의 하나
특별히 뜨거운 별이 아니다

너도 결국 수많은 여자 중 하나
특별히 섹시한 여자가 아니다

태양도 결국 수많은 별 중의 하나
특별히 혼자서 불타는 건 아니다

나도 결국 수많은 남자 중 하나
특별히 나 혼자만 연애를 한 건 아니다

태양도 결국 수많은 별 중의 하나
특별히 혼자서 외로운 건 아니다

나도 결국 수많은 남자 중 하나
특별히 나만 실연을 한 건 아니다

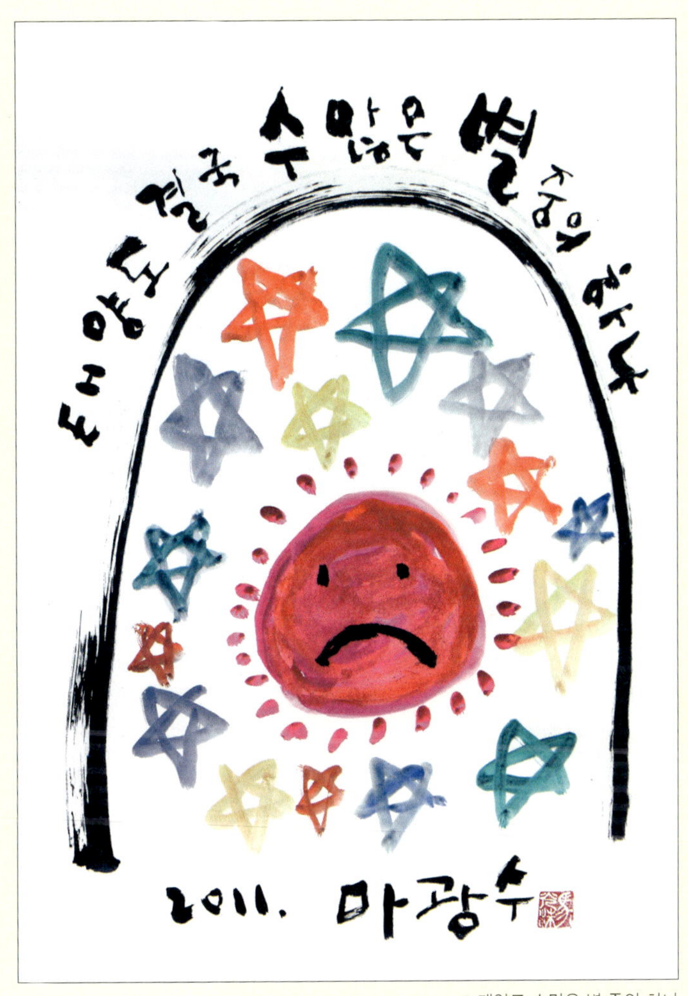

■ 태양도 수많은 별 중의 하나

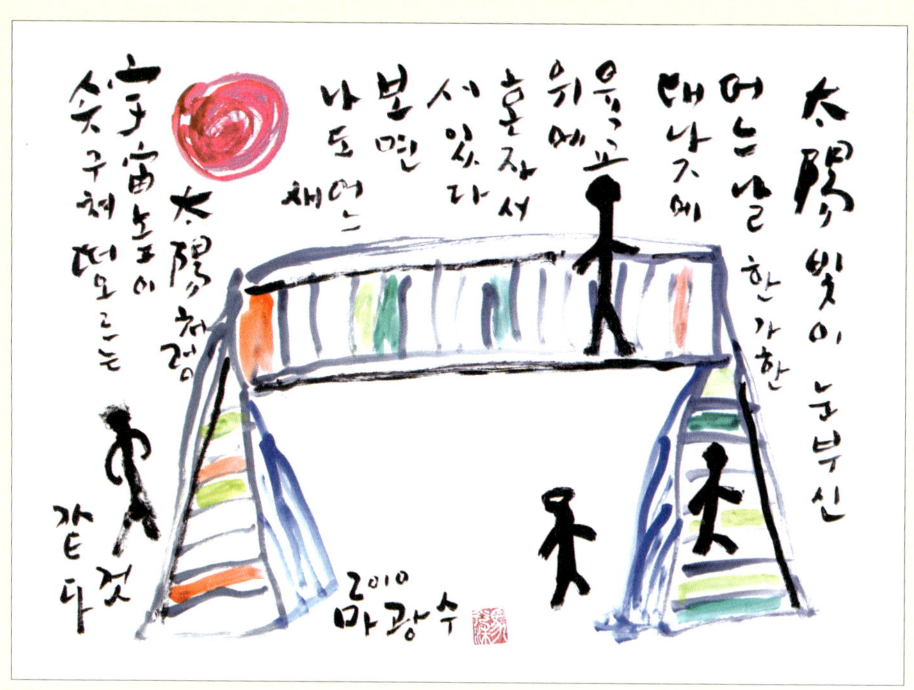

■ 육교는 태양이 더 가까워 좋다

태양과 달

서양인과 동양인의 의식구조의 차이를 극명하게 보여주는 게 바로 해와 달이다. 서양의 시나 노래엔 유난히 태양을 노래한 게 많다. 대표적인 노래가 <오 솔레미오>가 될 것이다.

그러나 동양의 시나 노래엔 태양보다 달이 더 많이 등장한다. 이태백의 한시를 봐도 몽땅 달을 노래한 것뿐이다. 그가 호수 위에 밝게 비친 달을 잡으려고, 술김에 물속으로 뛰어들었다가 죽었다는 전설이 있을 만큼, 그는 달과 '달밤'을 사랑하였다.

그렇지만 사실 밝게 빛나는 달밤은 한 달에 고작해야 일주일도 못 될 정도다. 그런데도 동양인의 시엔 오직 달밤만이 등장한다. 서양인은 양성인(陽性人)이요 동양인은 음성인(陰性人)이라는 대칭적 차이를 잘 보여준다 하겠다.

내가 불타는 태양을 육교 위에서 바라보고 있는 걸 좋아했던 것은, 역시 태양에 좀 더 가까이 가보려는 마음에서였다. 그러고 보니 우리는 서구문화에 대한 사대(事大)에 너무 휩쓸려 들어가고 말았다는 반성이 생기기도 한다.

5월의 신록(新錄)

아, 이 무슨 엉뚱한 기적이랴
한겨울 내내 죽어있던 이들의
팔뚝마다 힘이 솟아나
하늘 보며 두 팔 들어
목청껏 합창하고 있음은.

살아있는 것들은 다 죽어죽어
결국은 돌아올 수 없는 먼 피안(彼岸)으로
떠나고 마는 지금
어째서 나무는 저리도 끈질기게 살아

해 마다 해 마다 지겹도록 다시 살아
죽어가고 있는 우리들,
죽고 싶은 우리들을
당황하게 하는가.

저 무섭고 두려운 억겁(億劫)의 윤회로
우리에게 미리부터 다짐 주려 함인가?

나는 그 까닭을 정말
모른다, 모른다, 모른다.

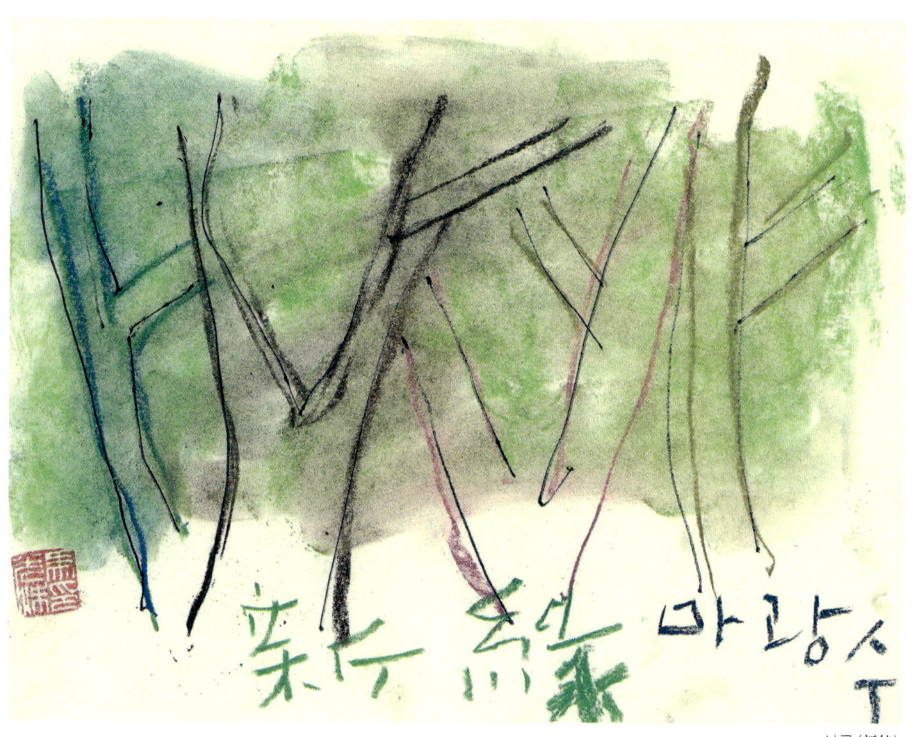

■ 신록(新錄)

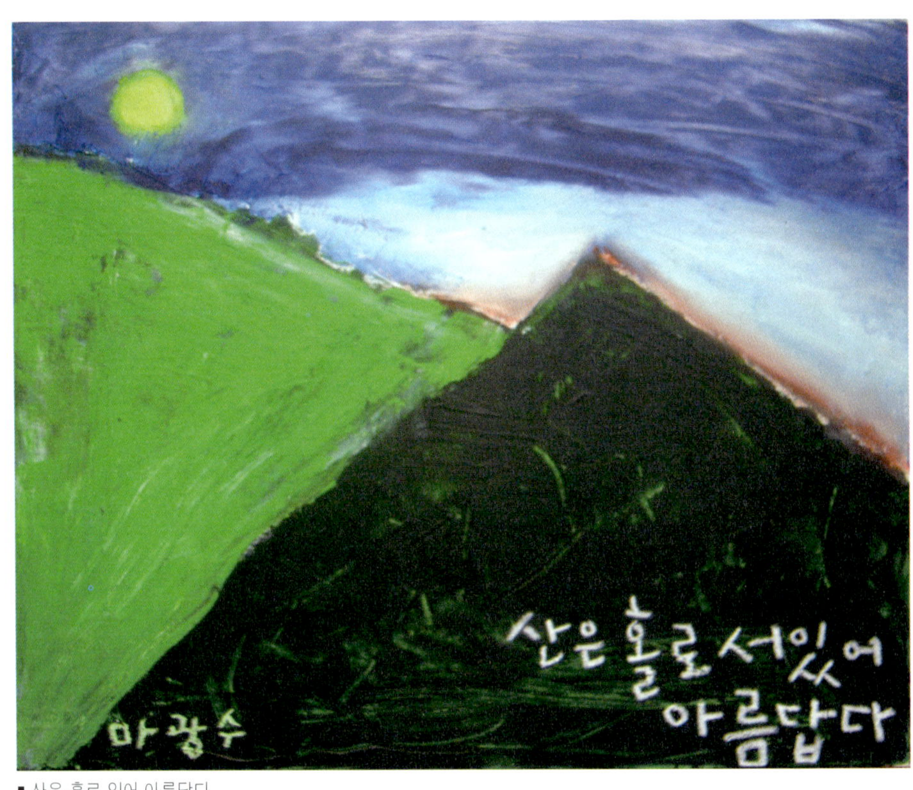

■ 산은 홀로 있어 아름답다

홀로 침묵하는 산

침묵하는 산은 아름답다. 아니, 산이 침묵을 즐길 수 있어야 아름답다. 다시 말해서 등산객이 들끓는 산은 아름답지가 않다.

내가 홀로 침묵하고 있는 산을 찾아가 산정(山情)의 낭만을 마음껏 즐겼던 곳은 강원도 인제에 있는 내설악이었다. 단, 전두환 씨가 백담사에 은둔(?)하기 전까지의 내설악이다.

전두환 씨가 백담사에 머문 다음부터는, 내설악 입구인 용대리로부터 백담사까지 이르는 8km의 오솔길이 아스팔트로 넓게 포장되어버렸다. 그래서 다른 산들처럼 자가용족(族)들이 수없이 몰려와 백담사 주변의 경치들을 망쳐버렸다.

내가 처음으로 백담사에 가본 것은 1976년이다. 그때는 정말 등산객이 드물었다. 텐트를 치고 야영을 해야 했기 때문이다. 8km의 오솔길이 꽤 험해서 더 그랬다.

홀로 침묵하고 서 있는 산에 다시 가보고 싶다. 그런데 과연 그런 산이 이 좁은 남한 땅 안에 남아 있을는지…….

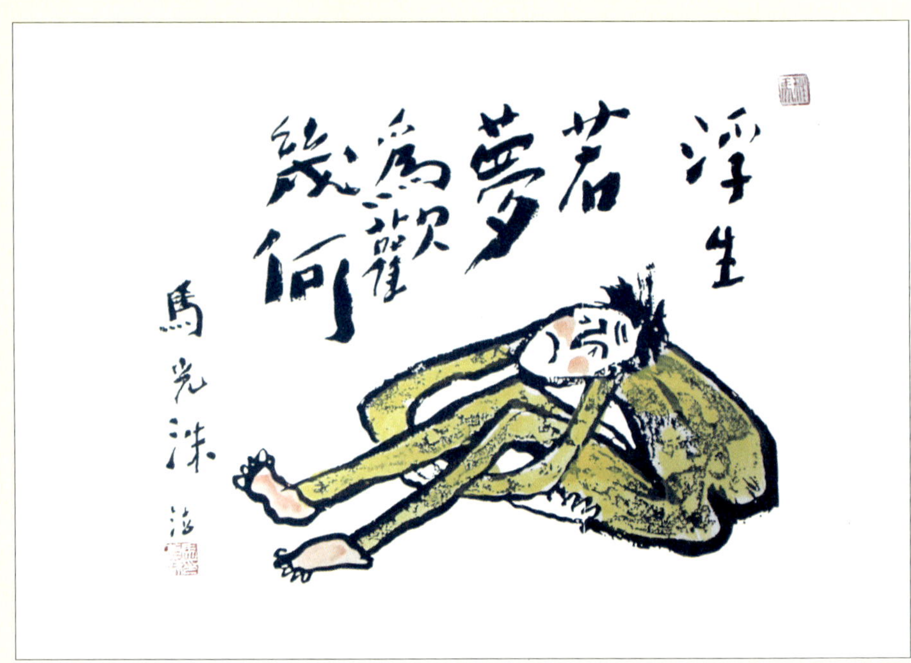

■ 부생약몽(浮生若夢)

인생은 허무

"부생약몽 위환기하(浮生若夢 爲歡幾何)"란 "뜬 인생이 구름과 같으니 즐거움이 얼마나 되랴"라는 뜻으로서, 이태백의 한시에 나오는 글귀이다. 그야말로 허무주의적 달관(達觀)을 잘 보여주는 시구(詩句)라 하겠다. 내 식(式)으로 표현한다면 "인생은 더러워" 쯤 되겠다.

아무리 생각해봐도 인생은 더럽고 치사하고 힘들고 고생스럽다. 불교에서 말하는 '일체개고(一切皆苦)'가 맞다. 인생살이는 몽땅 고통뿐이란 것이다.

그래서 나는 결혼하고 나서도 절대로 아이를 낳지 않기로 결심했다. 와이프는 "좀 더 두고 생각해보자" 쪽이었는데, 3년 만에 이혼을 하고 보니 아이 안 낳기를 잘했다는 생각이 든다. 아이가 딸린 상태로 이혼했더라면 후유증이 훨씬 심했을 것이기 때문이다.

요즘 정부에서는 '아이 많이 낳기'를 독려하고 있는데, 살아봤자 고통뿐인 인생을 아이에게 대물림 해주면 안 된다. 정 인구가 감소하면 외국인 이민자를 많이 받아들이면 된다.

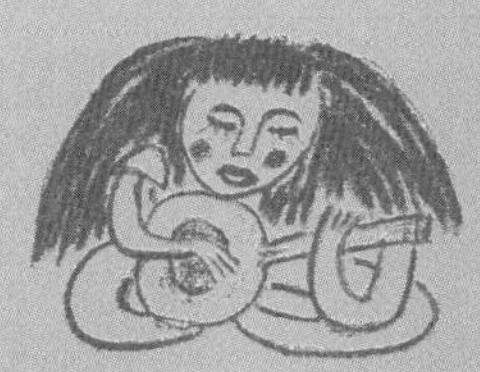

2.
사랑은
탐미적
경탄에서

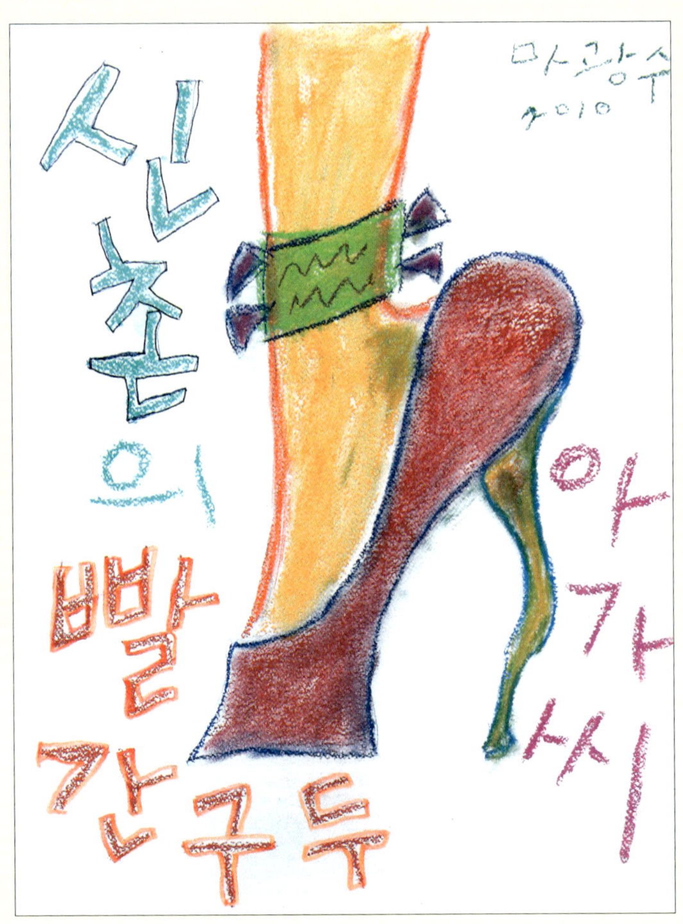

■ 신촌의 빨간 구두 아가씨

신촌과 나

나와 신촌과의 인연은 참으로 질기다. 열여덟 살 때(1969) 대학(연세대학교)에 들어간 이후로 지금(2011)까지 줄 곳 신촌을 삶의 근거지로 삼고 있으니 말이다.

연세대학교 대학원(국문학 전공)을 나와 처음 시간 강사 노릇을 한 곳이 연세대학교이고, 몇 년 있다가 스물여덟 살 때(1979) 처음으로 전임교수가 된 곳이 바로 신촌권(圈)에서도 가장 화려한 곳인 홍익대학교였다. 홍익대학교에서 5년 동안 근무하다가 연세대학교 교수로 자리를 옮겼는데(1984), 연세대학교야말로 신촌 문화권의 중심에 놓여 있다.

내가 이른바 '야한 문학'을 하게 된 것도 신촌에서 줄곧 버티고 있어서였는지도 모른다. 신촌만큼 젊고, 야하고, 세련된 대학가도 달리 없기 때문이다.

신촌의 4대(大) 대학인 연세대, 이화여대, 서강대, 홍익대 학생들을 모두 합치면 여학생이 월등 많다. 그들은 다 '빨간 구두 아가씨'들이다. 다들 야하고 다들 선정적이다.

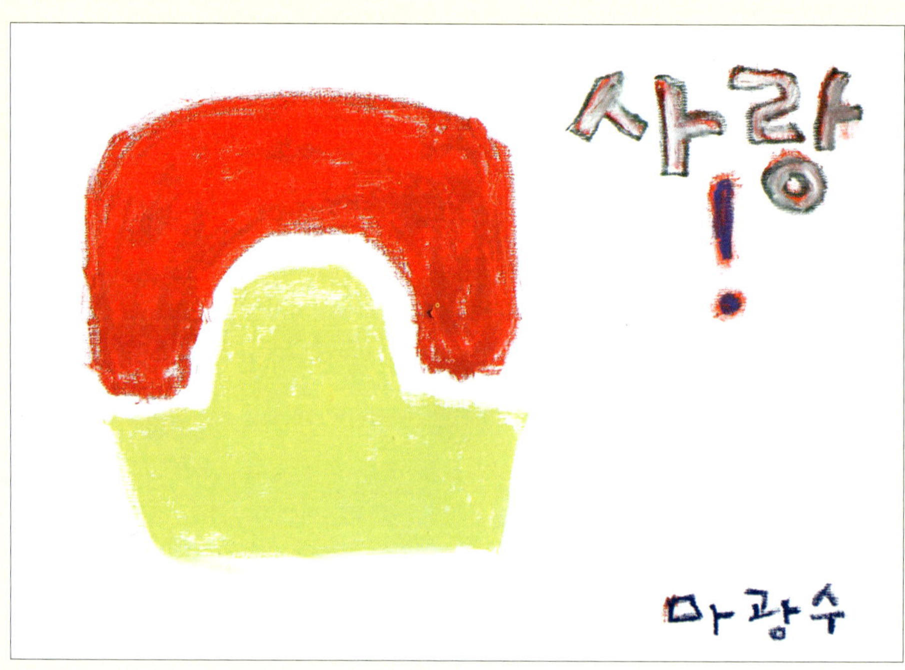

■ 사랑!

Love is Sex

'사랑'이란 말은 너무나 불투명하게 쓰인다. '부모에 대한 사랑'도 사랑이고 '신(神)'에 대한 사랑도 사랑이다.

서양 철학자들은 사랑을 세 종류로 나누었다. 첫째가 아가페(agape)적 사랑인데 일종의 신앙심을 가리킨다. 둘째는 필리아(philia)적 사랑인데 우애(友愛)를 가리킨다. 그리고 셋째가 에로스(eros)적 사랑인데 성애(性愛)를 가리킨다.

나는 아가페적 사랑이나 필리아적 사랑은 사랑이 아니라고 생각한다. 거기엔 정신적인 요소만 있을 뿐, 육체적 요소가 들어가 있지 않기 때문이다. 정신과 육체가 두루 동원되어 있는 사랑은 오직 에로스적 사랑뿐이다. 다시 말해서 사랑은 섹스다.

아가페적 사랑이나 필리아적 사랑에만 중점을 두다보면 그 사람의 인생은 불행해지기 쉽다. 아가페적 사랑은 광신(狂信)으로 바뀔 가능성이 많고, 필리아적 사랑은 친구로부터 배신당할 가능성이 많다. 오직 순간의 쾌락을 즐길 수 있는 섹스만이 우리의 삶을 윤기 있게 해준다.

사랑은 탐미적 경탄에서

참된 사랑은 상대방의 정신이 아니라 '외모'로부터 온다. 처음 만나자마자 반하게 되는 경우, 상대방 이성(異性)의 '정신(마음)'을 어찌 알 수 있겠는가. '첫눈에 반한다'는 말은 상대방의 외모에 대한 '탐미적 경탄'에 다름 아니다.

첫눈에 반하지 않은 사랑, 이를테면 오랫동안 친구 사이로 있다가 상대방의 '무던한 성격'이나 '교양' 등에 반해 연애행위로 들어가게 되는 경우, 그것은 사랑이라고 말할 수 없다. 다만 우애(友愛)의 연속일 뿐이다.

그러므로 '진짜 사랑'이 단번에 이루어지기는 참으로 어렵다. 남녀 두 사람이 처음 보자마자 사랑에 빠져든다는 얘기가 소설이나 영화엔 흔히 등장하지만, 그것은 역시 '픽션'이기 때문에 가능한 것이다. 우선 훌륭한 외모를 가진 남녀가 많지 않기 때문에, '첫눈에 보고 반한 사랑'은 대개 짝사랑이 되는 경우가 많다.

어쨌든 사랑은 '탐미적 경탄'이다. 절대로 '정신적 결합' 따위는 사랑이 될 수 없다.

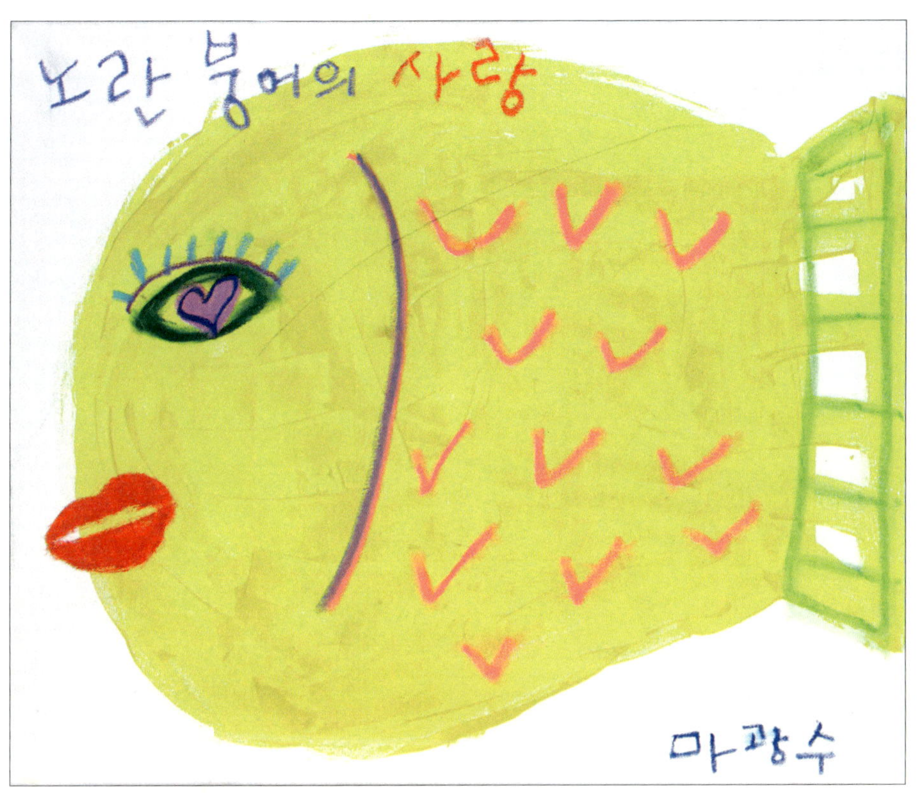

■ 노란 붕어의 사랑

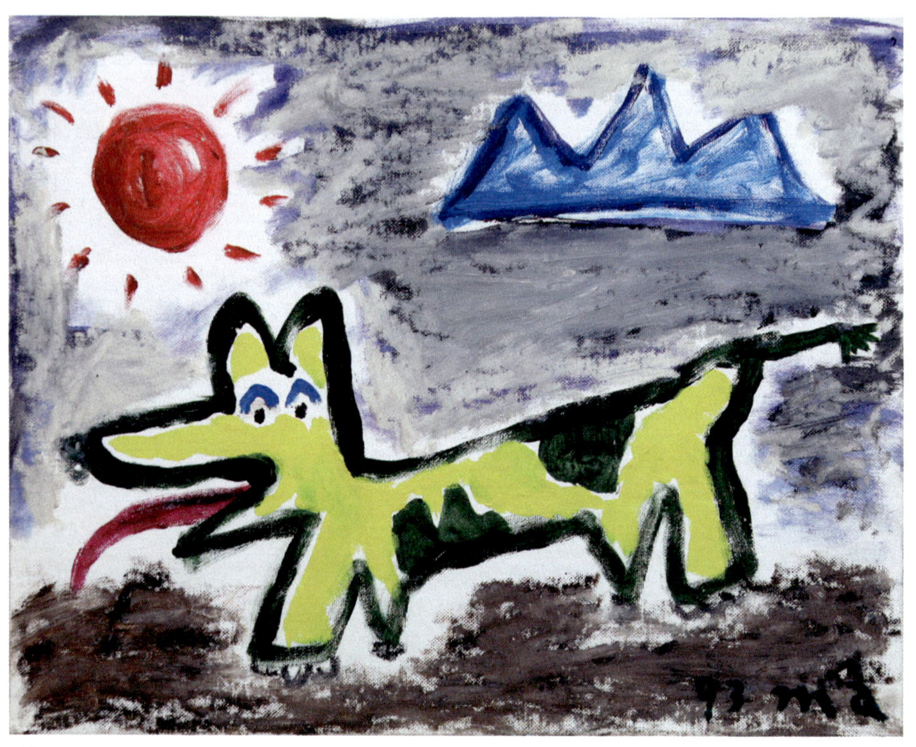

■ 개

개가 부러울 때가 있다

개처럼 사랑하고 싶다. 개는 언제나 어디서나 가리지 않고 사랑을 나눈다.

번거로운 절차도, 체면도 없다. 사람들처럼 엉큼스럽게 사면이 벽으로 막힌 곳에서만 사랑을 하는 것이 아니다. 큰 한길에서도 개는 누가 보든 말든, 순수한 정열로 사랑을 나눈다. 아무런 스스럼이 없다. 전혀 부끄러워하지도 않는다. 그 티 없이 순진한 개의 눈빛, 사랑이 가득 담긴 부드러운 혀 놀림. 기분이 좋을 때는 언제나 꼬리를 흔들어 대는 그 솔직성. 나도 개처럼 정직하게 사랑을 나누고 싶다.

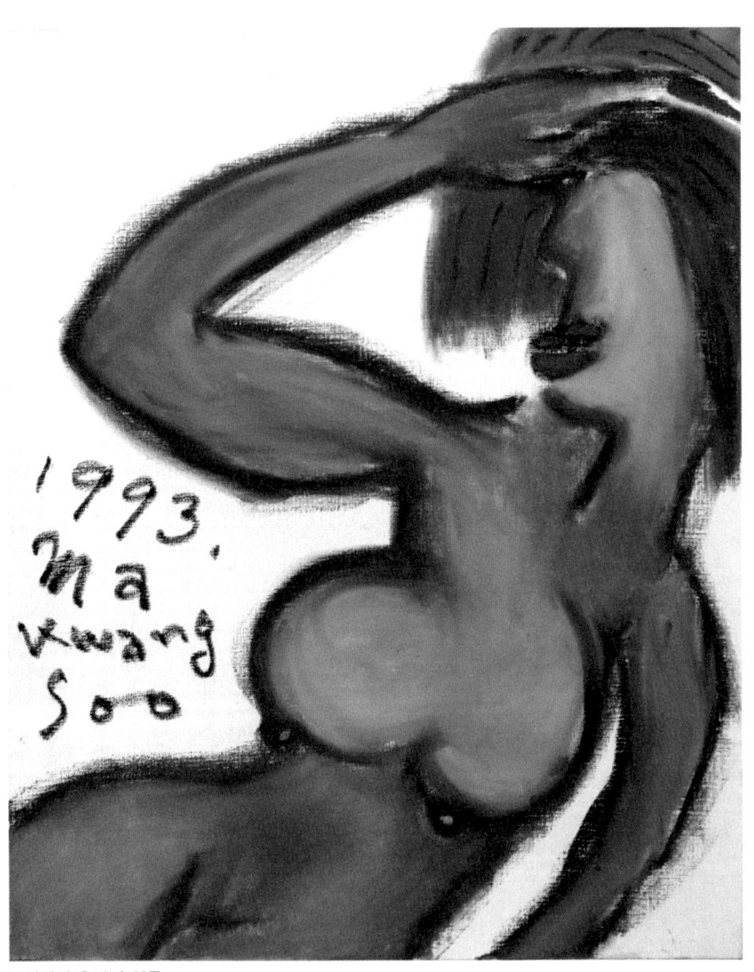

■ 여인의 유방과 얼굴

나는 젖가슴을 사랑한다

인간이 동물과 다른 점 중에서, 가장 큰 특징을 보여주는 것은 여성의 젖가슴이 크고 불룩하게 발달했다는 것이다.

다른 동물은 비록 암컷이라도 젖가슴이 높게 튀어나와 있지 않다. 평평한 젖가슴으로 오직 새끼들에게 수유(授乳)하는 역할을 할 뿐이다.

그러나 인간 여성의 젖가슴은 어린 자식에게 젖을 먹이는 일뿐만 아니라 남성을 에로틱하게 유혹하는 역할까지 한다. 이것은 인간이 다른 동물들과는 다르게 서서 걸어 다닐 수 있는 직립(直立)의 능력을 소유하게 되었기 때문이다.

동물들은 결코 마주보고 성행위를 하는 일이 없다. 그저 수컷이 암컷의 궁둥이만을 쫓아 후배위(後背位)의 체위로 성행위를 한다. 그러니 암컷의 젖가슴이 수컷을 유혹하는 무기로 진화했을 리가 없다.

나는 여인의 풍성한 젖가슴 사이에 코를 박으며 배릿한 냄새를 맡는 것을 좋아한다. 아니 나뿐만 아니라 모든 남자들이 다 그렇다. 남성은 모두 다 마마보이(mama boy)이기 때문이다.

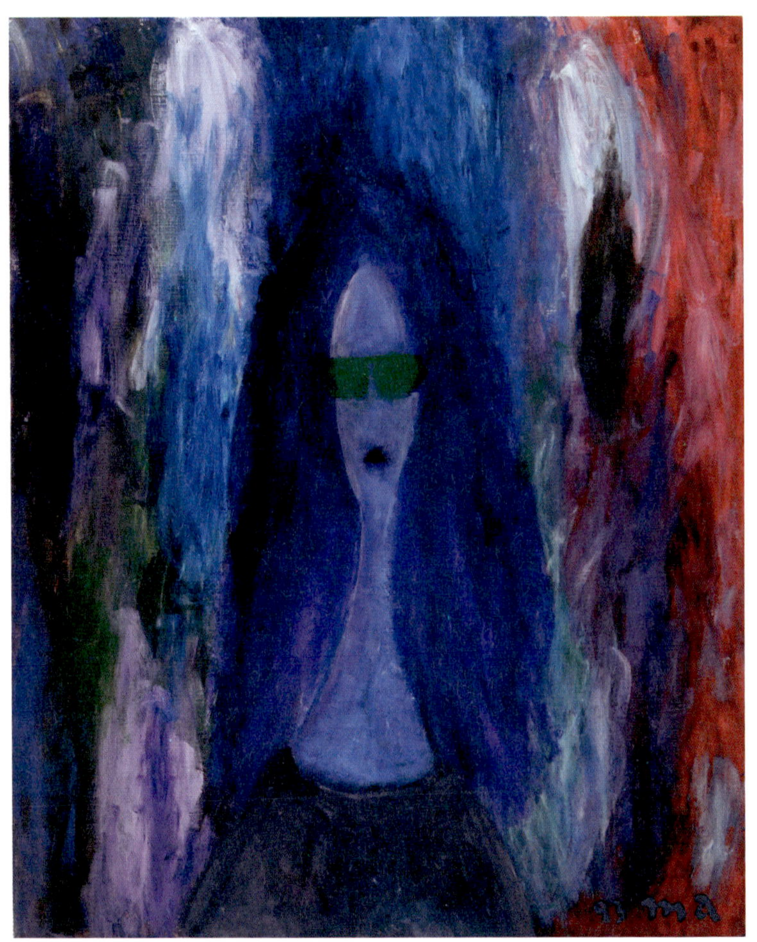

■ 선글라스 쓴 여자

선글라스 쓴 여인이 좋다

선글라스를 쓴 여인은 음탕하다.

선글라스를 쓴 여인은 다만 남들이 자기의 시선을 엿볼 수 없다는 이유만으로, 오직 엿보여진다는 것만으로, 스스로의 알몸뚱이조차 상상적으로 노출시킬 수 있는 쾌감을 즐긴다.

조명이 어두운 나이트클럽 같은데서, 악착같이 선글라스를 쓰고 있는 여인은 눈 모양이 못생겼거나 마음이 음탕하거나 둘 중 하나다. 그러나 대개는 마음이 음탕한 경우가 많다.

나는 헤픈 여자를 좋아한다. 다시 말해서 음탕하게 야한 여자를 좋아한다. 그런 여인들과는 쉽사리 '원 나잇 스탠드'가 가능하고, '이름도 몰라요, 성도 몰라' 식(式)으로 섹스를 즐긴 후 쿨하게 빠이빠이 할 수 있기 때문이다.

그런 여인들은 대개 한밤중이더라도 모텔에 들어갈 때 자신의 정체를 노출시키지 않기 위해 선글라스를 쓴다. 그런 여인과 만나고 싶다.

비

포근한 비
비는 내리고
우산을 안 쓴 우리는
사랑 속에 흠뻑
젖어 있다

지랄같은 비
비는 내리고
우산을 같이 쓴 우리는
권태 안에 흠뻑
갇혀 있다

얄미운 비
비는 내리고
우산을 따로 쓴 우리는
복잡한 이혼절차에 몹시
지쳐 있다

분홍색 꽃비
비는 내리고
우산을 혼자 쓴 나는
앞에 가는 야한 여자를
쫓아가고 있다

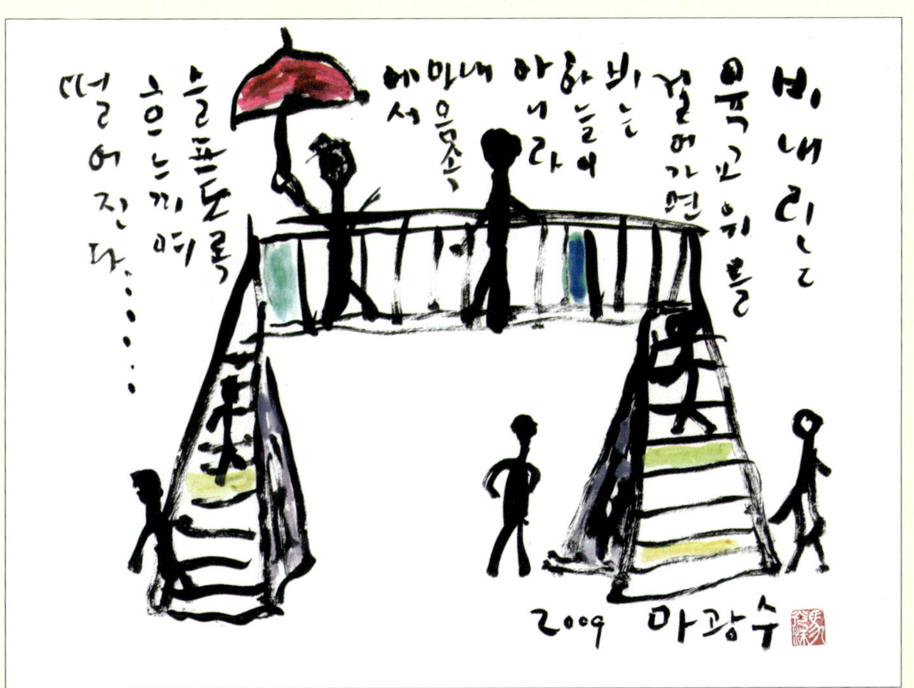

■ 육교 위에서 우산 쓰고

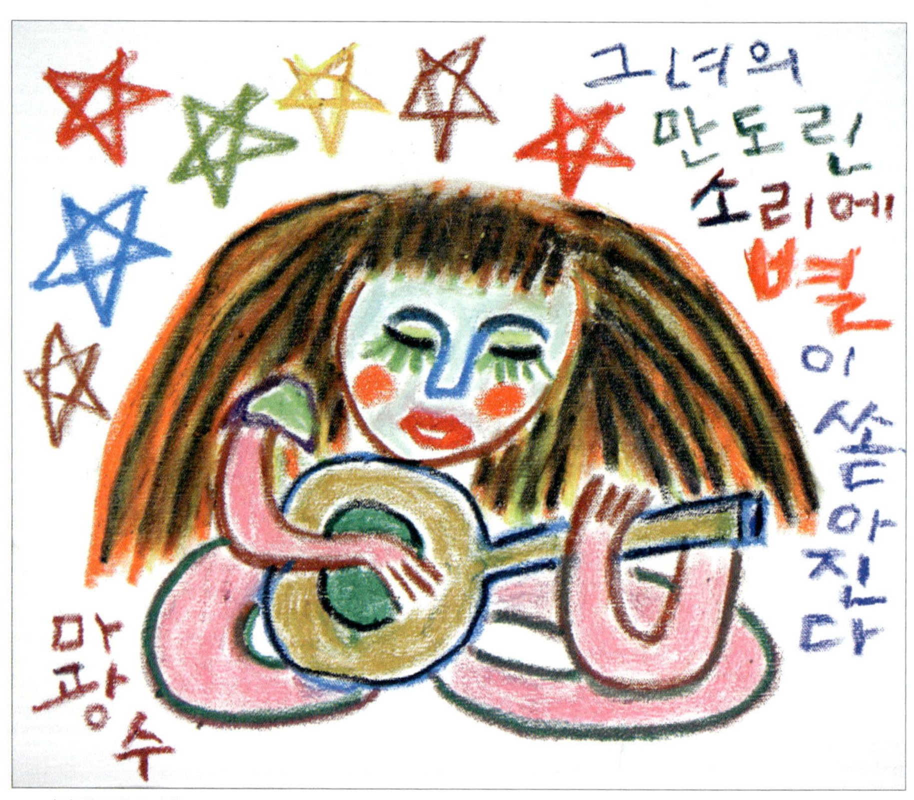

■ 그녀의 만도린 소리에

관능의 별빛

나는 여자의 긴 손톱을 몹시 사랑한다. 그런데 사실 한국에서는 손끝에서 5cm 이상의 길이로 뻗어나가도록 손톱을 기른 여자가 거의 없다.

물론 '네일 아트(nail art)'를 즐기는 사람은 많아졌다. 하지만 모조손톱을 붙인다 하더라도 기껏해야 손끝에서 1cm 정도의 길이로 뻗어나가게 붙이기 때문에 전혀 야하고 그로테스크(grotesque)한 맛이 없다.

그렇지만 클래식 기타나 만돌린을 연주하는 여자들은 경우가 다르다. 그네들은 긴 손톱 페티시(fetish)가 주는 관능적 미감(美感)과는 별도로, 악기를 연주하기 위해 손톱을 길게 기르는 것이다.

손톱을 길게 기르면서 미적(美的) 나르시시즘을 즐기는 여자가 연주하는 만돌린 소리를 들어보고 싶다. 만돌린은 체구부터가 기타보다 작아서, 깜찍하게 생긴 여자를 연상시킨다. 그렇기 때문에 아마 나는 그 만돌린 소리를 들으며 마음속에서 우러나오는 '관능의 별빛'들을 감지(感知)하게 될 것 같다.

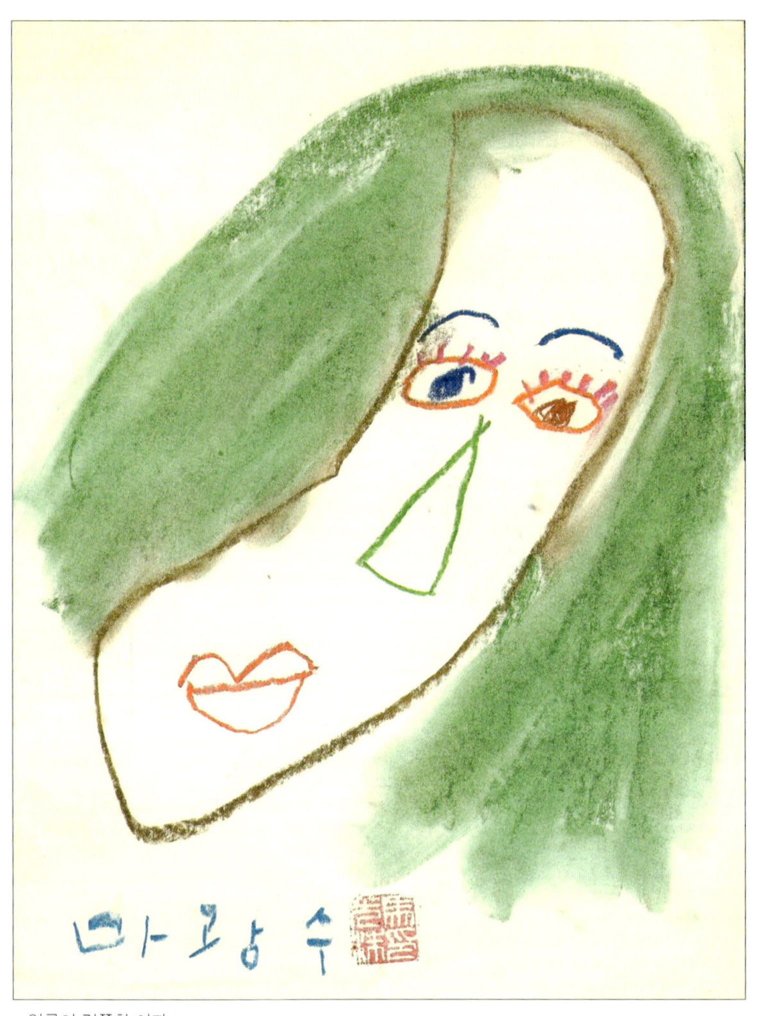

■ 얼굴이 길쭉한 여자

말상[馬相]이 좋다

네모지거나 둥근 모양의 얼굴 보다는 차라리 길쭉한 얼굴이 낫다. 나는 얼굴이 빈대떡같이 둥글넓적한 여자를 증오한다. 또 각이 진 턱을 갖고 있는 네모난 얼굴 모양을 가진 여자도 증오한다. 나는 여자의 미(美)를 평가할 때 얼굴 모양새를 제일 먼저 본다.

물론 하관이 쪽 빠진 계란형의 얼굴이 최고로 아름다운 얼굴일 것이다. 그러나 불행히도 우리나라 여인들 중에 그런 얼굴 모양을 가진 여자는 극히 드물다. 그래서 길쭉한 '말[馬] 상(相)'을 가진 여자라도 선호하게 되는 것이다.

지금까지 내가 만났던 여자들 가운데 길쭉한 말상을 갖고 있으면서도 기막히게 아름다웠던 여자는 '영원한 미스 코리아'로 불렸던 김성희 씨다. 그녀는 길쭉한 얼굴 모양새를 커버하기 위해 늘 머리카락으로 이마를 덮곤 했다. 그런데도 눈이나 코가 너무 예뻐서 얼굴 모양새 따위엔 신경을 안 쓰게 되었다.

지금까지 수많은 미스 코리아들이 배출되었지만, 김성희 씨 만큼 예쁜 여자를 나는 보지 못하였다.

입술고리가 섹시해야

남녀가 만나 상대방의 섹스 능력을 테스트 해 보는 방법은 우선 얼굴을 보는 일이다. 그 중에서도 남자는 여자의 입술을, 여자는 남자의 코를 먼저 봐야 한다. 골상학적으로 코는 남성의 성기를, 입술은 여자의 성기를 상징하는 것으로 되어 있기 때문이다.

코는 볼록 튀어 나온 것이 남자의 페니스와 비슷하고, 입술은 오목하게 열리는 것이 여성의 질(膣)과 비슷하다.

예전에 날렸던 여배우들 가운데 가장 섹시한 입술을 가진 것으로 소문났던 여배우는 정윤희 씨였다. 입술 모양이 정말 소담스럽게 볼록 튀어나와 있었기 때문이었다. 그래서 항간에서는 그녀가 입술을 성형수술 했다는 소문까지 떠돌아 다녔다.

내가 제일 반하게 되는 여자의 입술은, 약간 볼록한 입술 한쪽에 입술고리 피어싱을 한 입술이다. 물론 한국에서는 보기 드물다. 내가 본 여자가 기껏 서너 명밖에 안 되니까.

한국 여성들이 귀고리에 공들이는 만큼이라도 입술고리에 공을 들여 주었으면 한다.

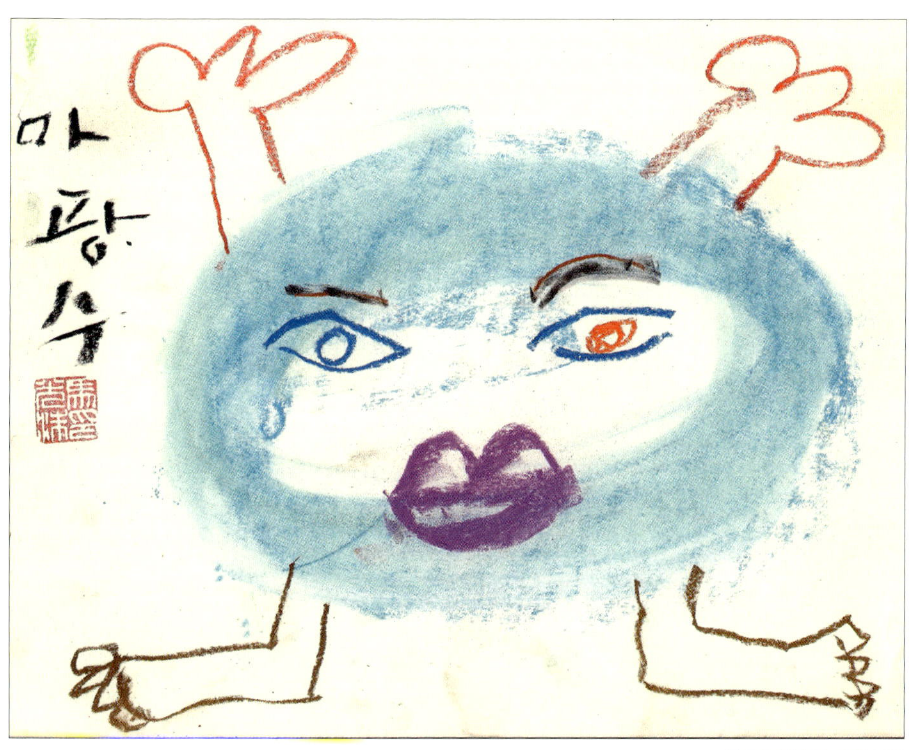

■ 섹시한 입술을 가진 여인

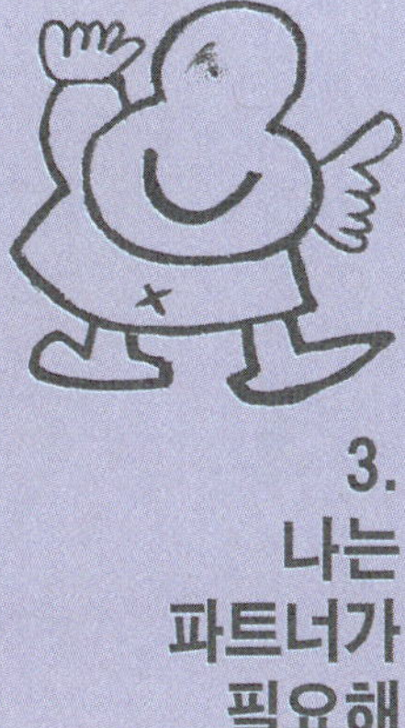

3.
나는
파트너가
필요해

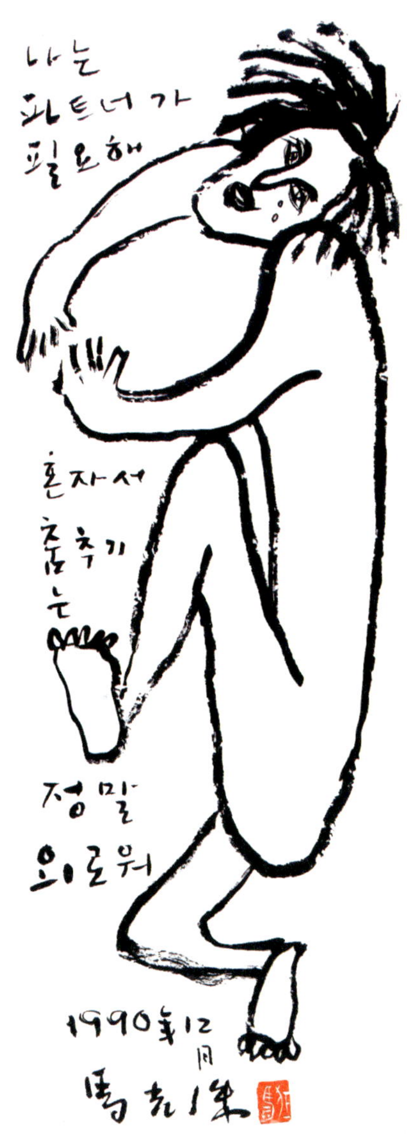
나는
파트너가
필요해
혼자서
춤추기는
정말
외로워
1990年12月

혼자서 춤추기는 외로워
백디(百디)가 불여일부(不如一부)

내가 젊었을 때 유행했던 춤은 주로 '디스코'였다. 그래서 그때는 '춤방(클럽)'을 '디스코텍'이라고 불렀다. 하지만 디스코텍이라 해도 간간이 블루스 곡을 틀어주는 것이 보통이었다.

디스코 춤은 혼자서 추는 춤이다. 남녀 쌍쌍으로 춘다고 해도 고작 서로 마주 보고 춤을 추는 것일 뿐, 서로 나누는 스킨십 (skinship)이 전혀 없다. 그래서 우리들은 '백디(百디)가 불여일부(不如一부)'라는 말을 되뇌곤 했다.

서로 부둥켜안고 스킨십을 나누며 블루스 춤 한 번 추는 것이 디스코 춤을 백번 추는 것 보다 낫다는 뜻이다. 그래야 성욕이 불붙으니까.

요즘은 '디스코'에서 '테크노'로 젊은이들의 춤 유행이 바뀌었지만(물론 '부비부비'등 여러 가지 춤농삭이 섵틀어 있나) 님녀가 시고 미주보고 추는 것은 디스코나 마찬가지다. 게다가 요즘 대학가의 '클럽'에서는 블루스 곡은 전혀 틀어주지 않는다. 새삼 '백디가 불여일부'라는 말이 명언이란 것을 느끼게 해주는 현상이다.

'스킨십'이 없는 춤은 사랑을 나누기엔 말짱 꽝이다.

그대와 탱고를

<아 마다미아>
<라 쿰파르시이타>
<서울 야곡(夜曲)>

탱고 탱고 탱고

당신 눈가에 맺힌 이슬
나 혼자만 마시던 한 잔의 커피
비 오는 날 오후 네 시의 이별

탱고 탱고 탱고

<베사메 무쵸>
<키스 오브 파이어>
<말라구에니아>

탱고 탱고 탱고

그대 뒤에 서 있던 당신의 남편
마음속으로 찢어버린 당신의 편지
추억 속에 떠오르는 그날의 그 춤

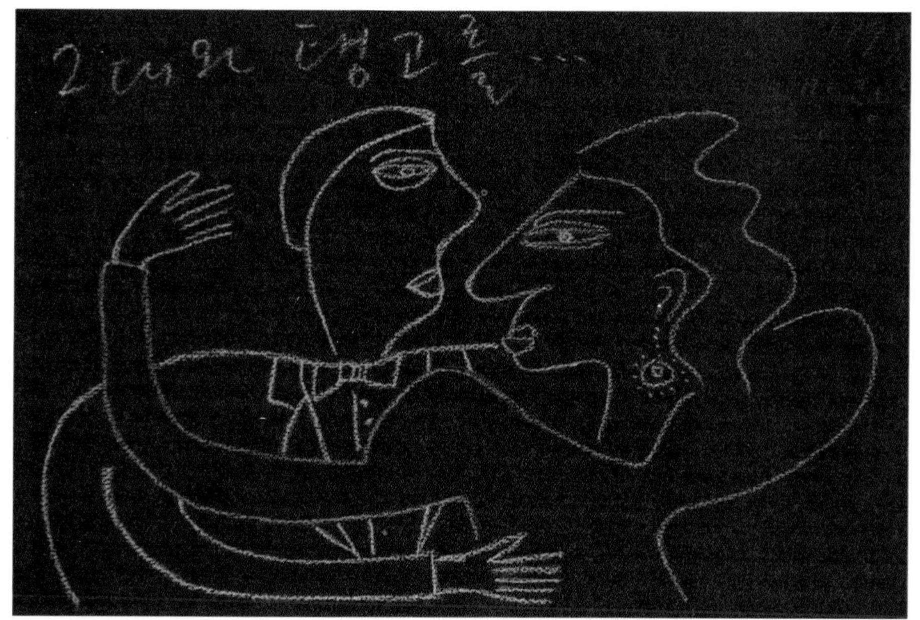

■ 그대와 탱고를

우리들은 포플러

포플러는 오늘도 몸부림쳐 날아오르고 싶어 한다.
놓쳐버린 그 무엇도 없이
대지(大地)의 감미로움만으로는 아직 미흡하여

다만 솟구쳐 날아오르는 새가 부러워
끝 간 데 없이 뻗어나간 하늘이 부러워,
바람이 부러워

포플러는 자유의 의미도 모르는 채
언제껏 손을 쳐들고
흔들고만 있다.

날아오르라, 날아오르라, 날아오르라,
땅속에 묻어버린 꿈, 역사에 지친 생활의 빛에
체념, 권태로 하여 잊어버린
네 생명의 자존심 섞인 의지에!

아무리 흔들어 보아도 손에 잡히지 않지만
아픔도 잊고 세월도 잊고 사랑도 잊고
포플러는 오늘도 안타깝게 손을 휘저어 본다.

명백히 놓쳐버린
그 무엇이라도 있다는 듯이.

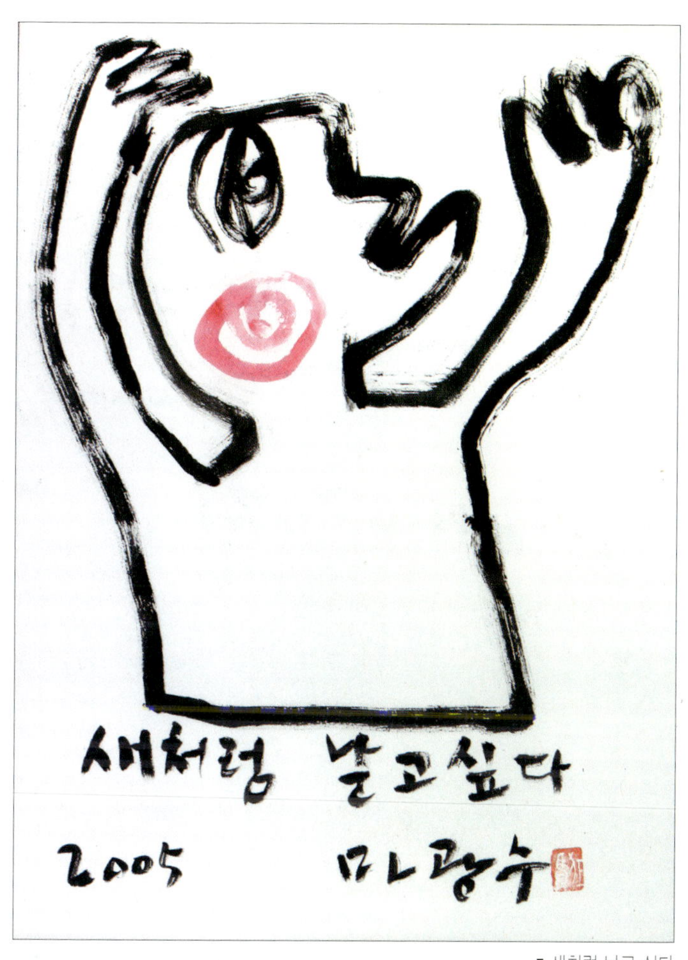

■ 새처럼 날고 싶다

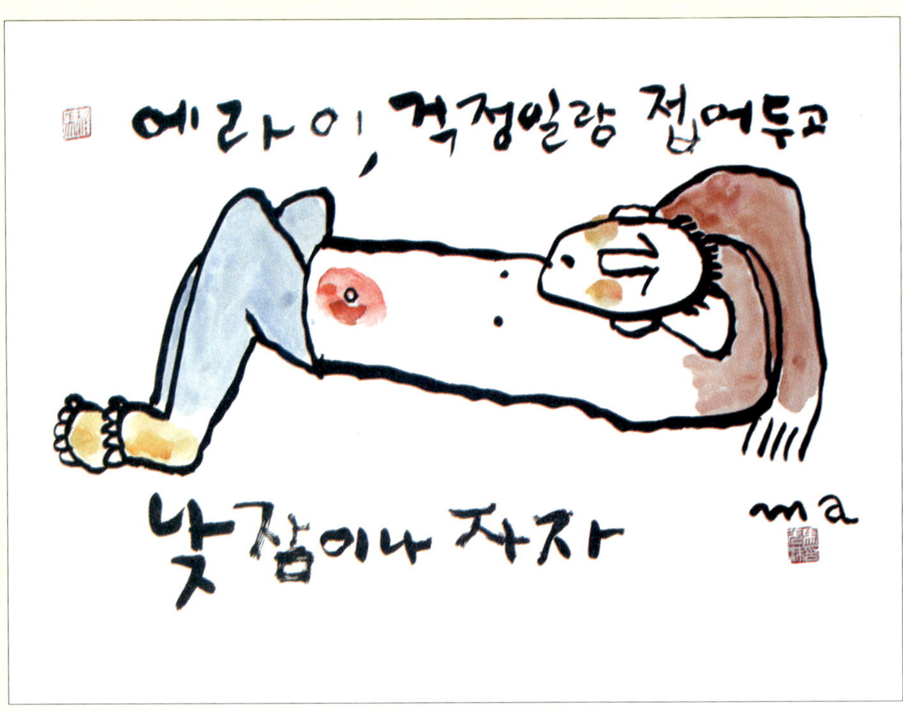

■ 낮잠이나 자자

게으른 낮잠이 보약

오래 사는 비결에는 여러 가지가 있지만, 낮잠 자는 버릇을 들이는 것도 큰 비중을 차지한다. "낮잠 한 시간은 밤잠 네 시간"이란 말이 있을 정도로 낮잠은 커다란 휴식 효과가 있다.

한국인들이 급격하게 돌연사하는 원인 중에 '과로사(死)'가 있다. 잠을 아껴가며 일에만 열중하다가 그만 자기도 모르게 황천길로 가게 되는 것이다.

낮잠을 즐기려면 우선 마음이 한가로워야 한다. 극단적으로 말해서 '게을러야' 한다. 그러나 한국은 특히나 '근면'을 중요시하는 나라이기 때문에, 그렇게 한가롭게 사는 사람을 보기 힘들다.

직장에서도 쉼 없이 일만 하는 사람한테 점수를 많이 주기 때문에 억지로라도 근면을 가장해야 한다. 그러다 보니 한국 40대 남성의 사망률이 세계 최고가 되었다. 40대는 남자가 가장 활기 있게 활동하는 시기이기 때문이다.

그러나 모든 일의 승부는 '근면'이 아니라 '아이디어'에서 온다. 기발한 아이디어를 떠오르게 하기 위해서라도, 우리는 좀 더 게을러지는 습관을 들여야 한다. 게을러져야만 독창적 상상력이 발동하기 때문이다.

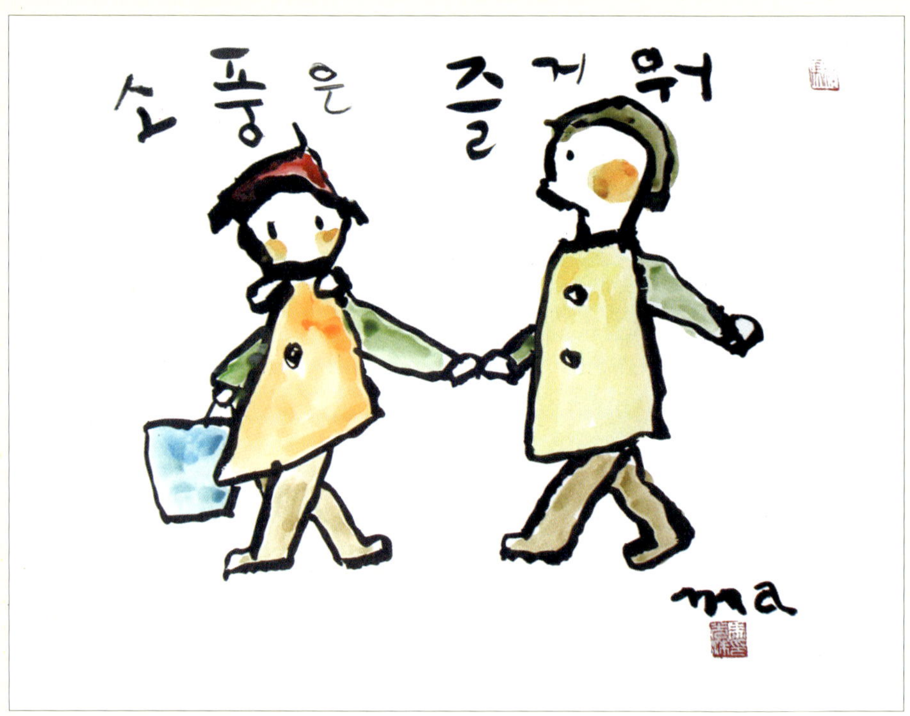

■ 소풍은 즐거워

그 시절 소풍은 즐거웠지

내가 초등학교에 다닐 때는 중학 입시가 있을 때였다. 좋은 중학교에 들어가기 위해 재수, 삼수를 하는 애들이 수두룩했다. 그만큼이나 우리는 어린 나이임에도 불구하고 공부에 시달렸다.

그래서 제일 기다려지는 날이 봄, 가을 두 번 가게 되는 '소풍 날'이었다. 소풍이라고 해봤자 먼 곳도 아닌 서울 시내의 '창경궁'이나 '창덕궁(당시엔 비원(秘苑)이라고 불렀다)'이 고작이었다. 조금 멀리 간다고 해도 우이동이나 도봉동 정도였다.

저학년이건 고학년이건 소풍을 갈 때는 대개 어머니들이 따라가게 된다. 그리고 가져온 점심 도시락의 반찬 경쟁이 벌어진다. 그때는 나라가 가난했던 시절이라 삶은 달걀만 해도 별미(別味)로 쳤다. 거기에 콜라나 사이다 한 병을 곁들이면 더욱 좋았다

지금 또렷이 기억되는 것은 창경궁 같은 곳이 엄청 넓어 보였다는 게 일시다. 몸집이 어른들보다 작아서 상대적으로 그랬던 것이다. 요즘 들어가 보면 창경궁은 너무나 꾀죄죄해 보인다.

꼭 필요한 스트레스

요즘 어린이들은 어떻게 노는지 모르겠지만, 내가 어렸을 때 동네 아이들과 가장 재밌게 놀았던 것은 '팽이치기'였다. 밑이 뾰족하고 위만 둥글게 만든 나무 팽이를 가지고, 채찍 비슷한 것으로 팽이를 돌려 오랫동안 안 넘어지면 팽이치기 내기에서 이기는 것이다.

그러면 그 댓가로 '딱지'를 많이 따게 된다. 어린 마음에, 종이 딱지를 많이 갖고 있는 것은 큰 재산을 차지하고 있는 것 같은 자부심을 갖도록 만들어주었다.

인생은 팽이와도 같다. 잠시라도 자극을 주지 않으면 금세 쓰러져 버린다. 이 '자극'을 의학 용어로는 '스트레스'라고 부른다. 그러니까 스트레스는 무조건 나쁜 것이 아니라, 얼마나 '적당한가'가 문제 되는 것이다.

직장을 잃은 실업자들은 대개 등산 등으로 시간을 소비한다. 바쁘게 직장 생활을 할 때는 스트레스에 지쳐 당장이라도 직장을 그만두고 싶지만, 막상 집에서 놀다보면 스트레스가 너무 없어 병이 들 정도가 되기 때문이다.

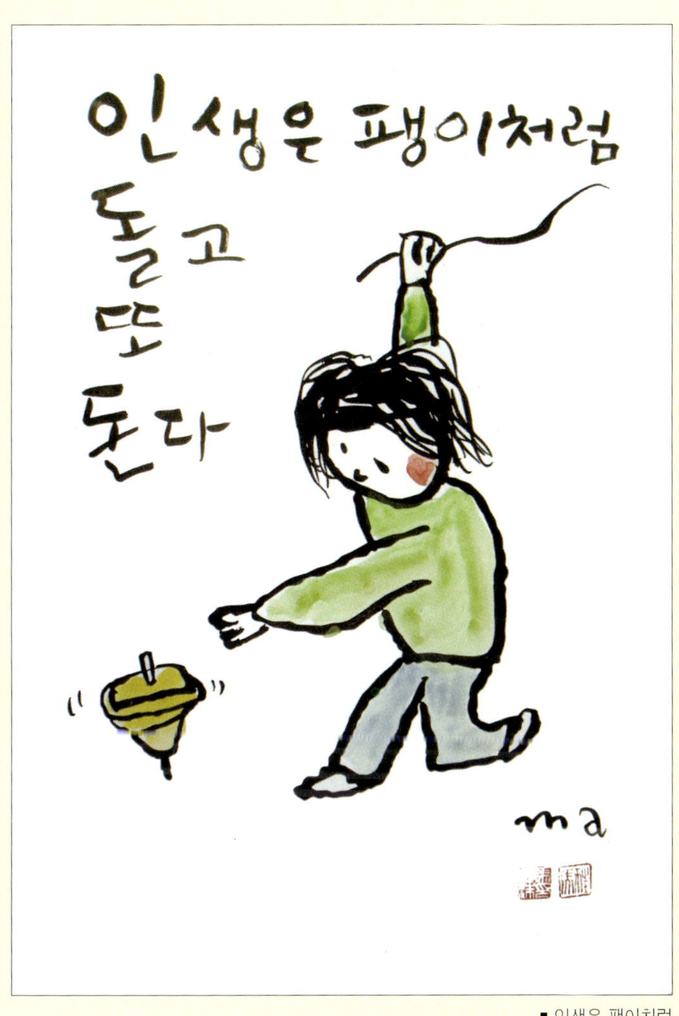

■ 인생은 팽이처럼

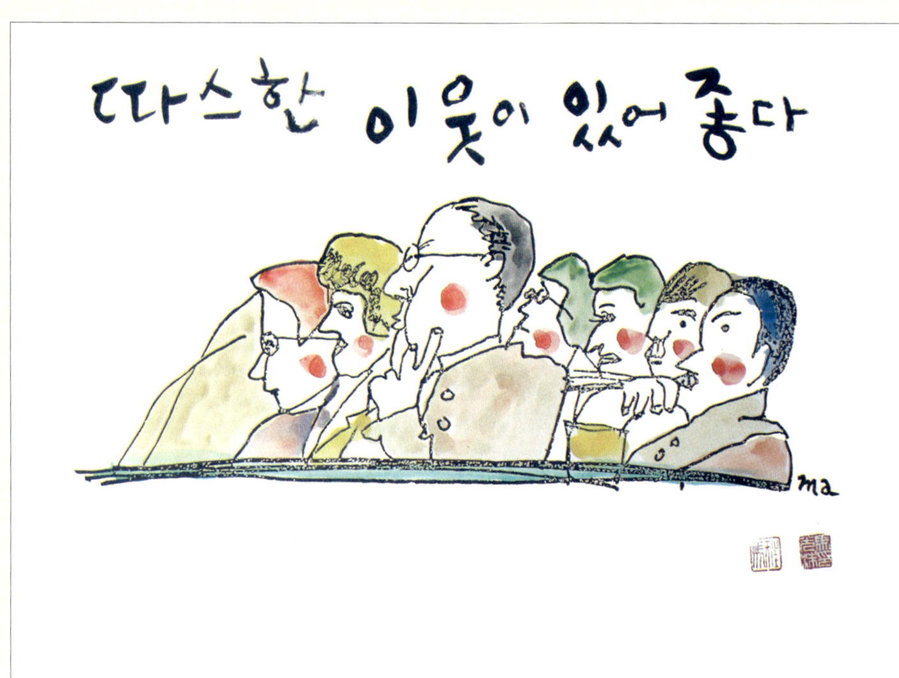

■ 따스한 이웃이 있어 좋다

뜬금없이 나타나는 '착한 이웃'

예수는 "네 이웃을 사랑하라"고 했지만 사실 그 말을 실천하기는 무척이나 어렵다. 우선 내가 먼저 살고 봐야 하기 때문이다.

그리고 내가 지금까지 살아오면서 뼈저리게 느끼게 되는 것은, 아무리 오랫동안 친교(親交)를 쌓은 이웃이라 하더라도, 막상 어려움에 부딪쳤을 때 도움의 손길을 뻗쳐주는 이웃이 드물다는 것이다. 아니 드문 정도가 아니라 아예 배신을 하는 경우도 허다하다.

그런데 신기한 것은, 그런 어려움에 봉착했을 때 도움의 손길을 주는 '이웃'은 평소에 별로 만나지 않던 '이웃'이라는 사실이다. 나는 그런 경우를 많이 겪었다.

그러면서 내가 얻은 결론은, 너무 큰 목적의식과 기대를 갖고서 이웃과 사교를 하지 말라는 것이었다. 특히나 한국에선 모든 일이 사교(社交)로 이루어지는데, 사교에 너무 공을 들이다보면 실망하게 되는 경우가 많다.

그야말로 "군자지교(君子之交)는 담약수(淡若水)요 소인지교(小人之交)는 감약밀(甘若蜜)"인 것이다.

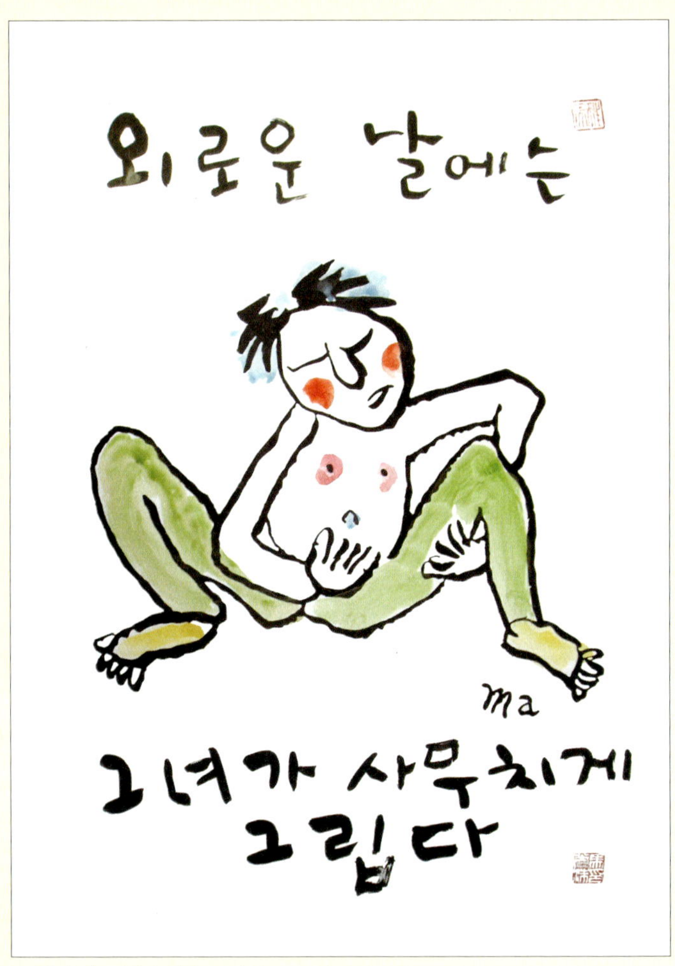

■ 그녀가 사무치게 그립다

그리움

붉은 저녁노을 보면
그대의 입술인 양하고

저 혼자 깊어 가는 강물 소리 들으면
그대의 목소린 양하고

검푸른 산등성이 보며
나 홀로 저녁 어스름을 헤매네.

오늘은 꿈에서나 만날까
더 못 견딜 이 그리움.

이윽고 완전한 어둠은 내리고
그대의 눈동자처럼, 머릿결처럼
검은 어둠은 내리고

나는 캄캄한 적막 속을 거닐며
그대의 젖무덤을 더듬네.

달 따기

시내를 걷다가
하늘에 걸린 보름달을 보고
손에 잡힐 듯한 그 음란한 빛을 보고
문득 달을 따고 싶어졌다.

그래서 인왕산 중턱에 올랐을 때
달은 얄밉게도
구름 속에 젖가슴과 엉덩이를 감추고
희미한 빛만 보여주면서
어디론가 숨어버렸다

그리하여 나는 다시
산 정상까지 올라갔고 달은
내게 자비를 베풀어 사타구니를 삐죽이
내밀면서 나를 유혹했다

이윽고 달이 온몸을 드러냈을 때
나는 너무나 반갑고 사랑스러워
달을 향해 손을 내밀며 더 가까이 다가갔다

그러다가 그 사내는
미끈 발을 헛디뎌 벼랑으로 떨어졌다.

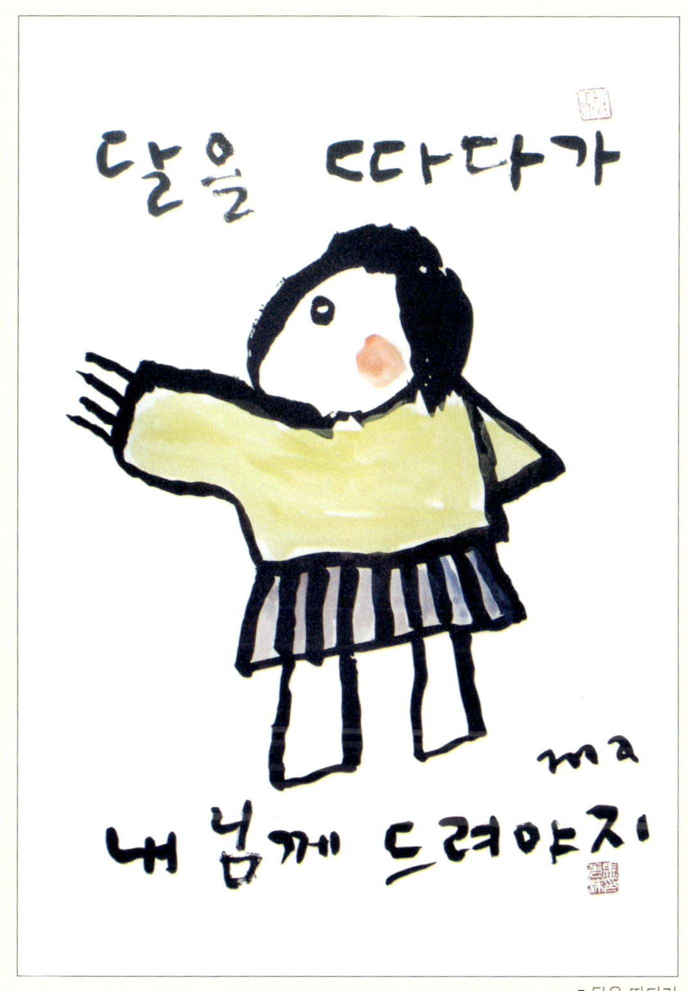

■ 달을 따다가

혼자는 싫어요

그냥 한 번 만나요
약 올리지 말고……

이런 저런 조건 따지지 말아요
시간과 장소도 없이
만나고픈 마음으로만 만나요

당신 집 앞에서 죽치며
기다리는 제 모습을 상상해 봐요

기다리는 안타까움이 너무 길면
미쳐버릴지도 모르니
가끔씩 창문으로 내다봐줘요

내가 타고 있는 섹스텔라 1004
빨강색 승용차가 나의 자위행위 따라
간들간들 흔들리고 있는 것도 보아줘요

아무튼 짝사랑은 싫어요
어서 빨리 첫 데이트 날짜를 잡아줘요
당신의 환상을 좇아
내 심장이 쿵쾅쿵쾅 두근거려
질식할 것만 같아요

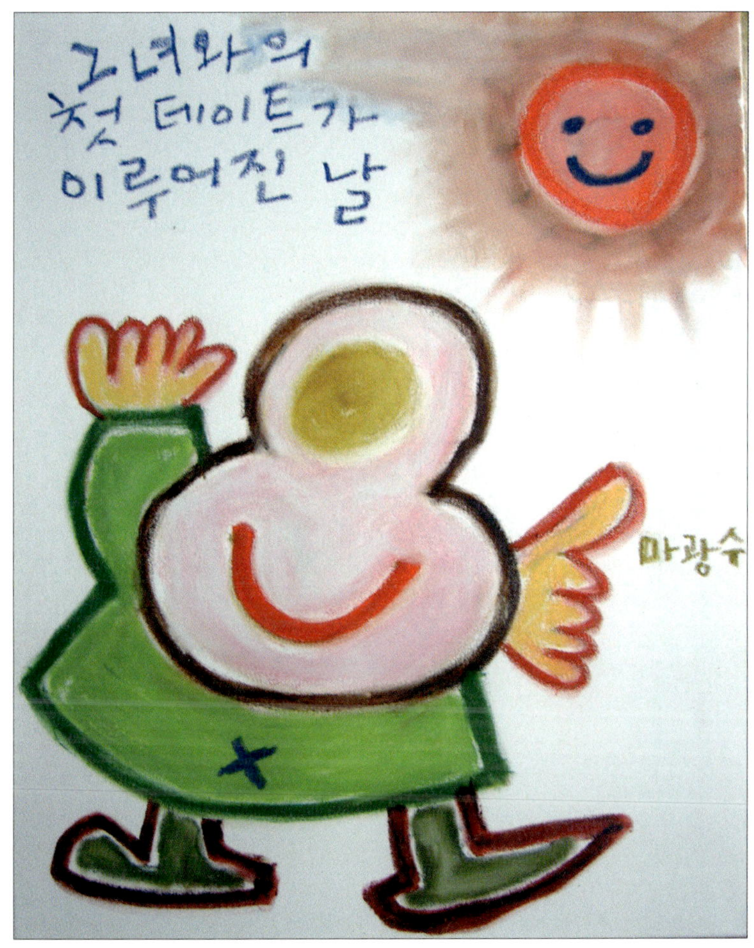

■ 첫 데이트가 이루어진 날

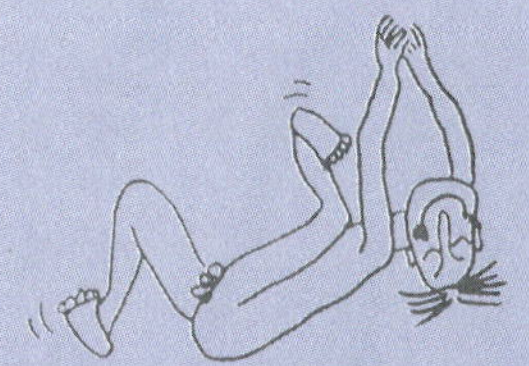

4.
인생은
즐거워

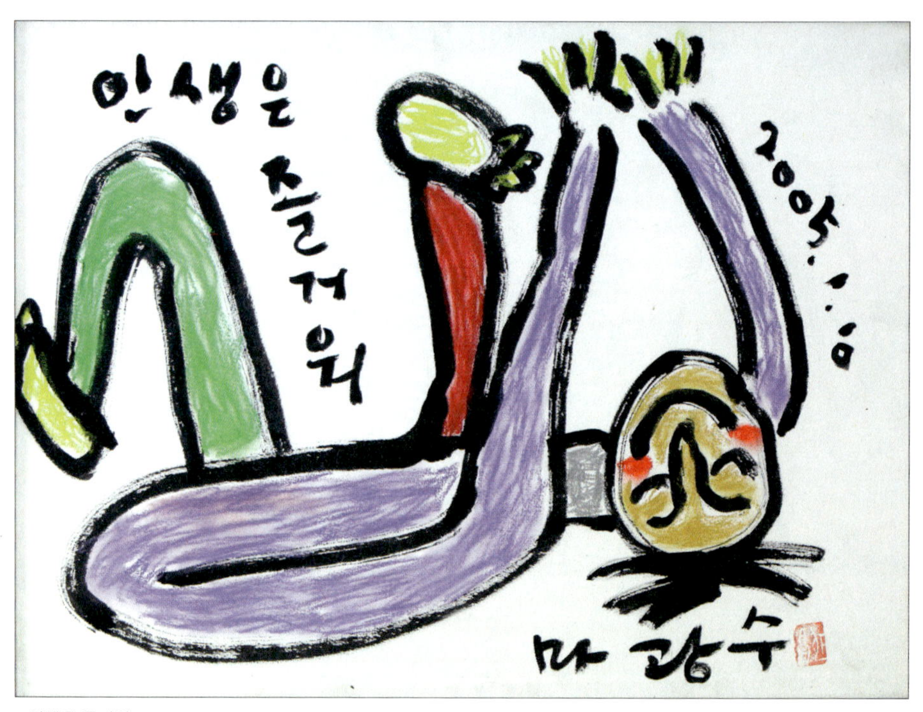

■ 인생은 즐거워

즐거운 인생

내가 어떤 여자와 만나다가 싫증나
헤어지고 싶지만 미안해
미적거리고 있는데
그녀가 먼저 헤어지자고 선언해 오네.
내가 삽입성교를 잘 못한다며

랄랄랄, 룰룰루
인생은 즐거워!

내가 외모가 미치도록 야한 여자를 새로 만나
사랑에 빠져들며 은근히
정력 걱정을 하고 있는데
그녀가 내게 울며 고백해 오네.
자기는 '여장남성(女裝男性)'이라
오럴 섹스밖에 못해 준다며

랄랄라, 룰룰루
인생은 즐거워!

나무

너의 머리카락은 나무 같다.
너의 긴 손톱도 나무 같다.

자라나가는 자라나는 나무
그러나 감각도 없고
통증도 모르는 것 같은 나무

나는 식물이 좋아
식물의 무심(無心)함으로 돌아가고 싶어
너의 긴 손톱을 한없이 만지작거린다.

너의 긴 머리카락 수풀 속에
한없이 머리를 박는다.

아름다워라, 이 풋풋한 자연의 향기!
쾌락 하여라, 이 무심한 몰아(沒我)의 관능!

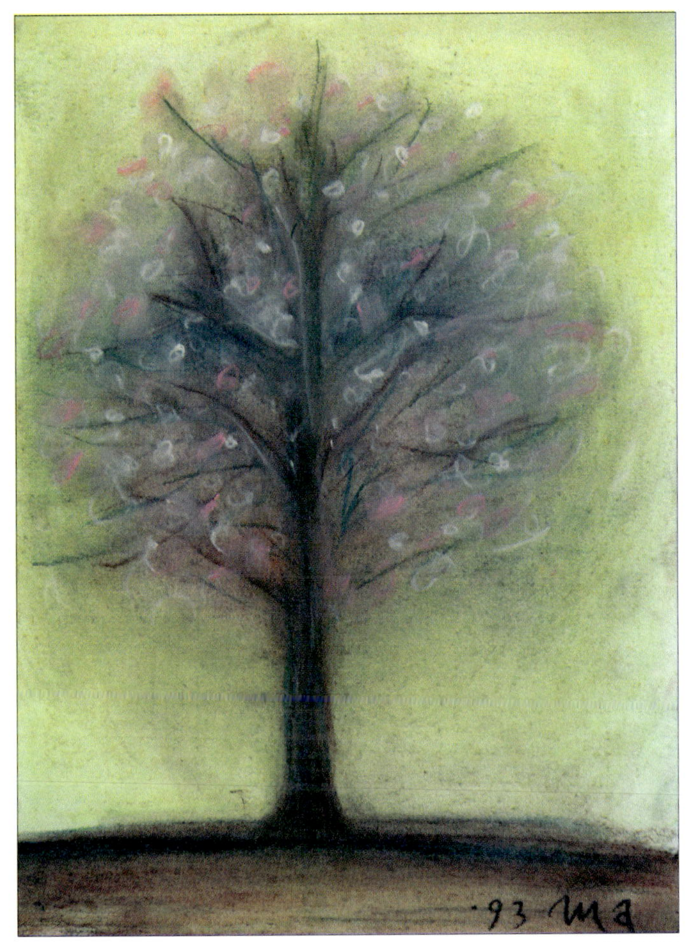

■ 나무 한그루

감은 때가 되면 떨어진다

감나무 위에 올라가
감을 따다가
떨어져 죽기 보다는
감나무 밑에 누워
멍청히
입을 벌리고 있는 게
낫다

눈가로 쏟아져 내리는
늦가을의 이 따스한 햇살이여
벌어진 입으로 들어오는
늦가을의 이 상큼한 대기(大氣)여

감은 때가 되면 떨어진다.

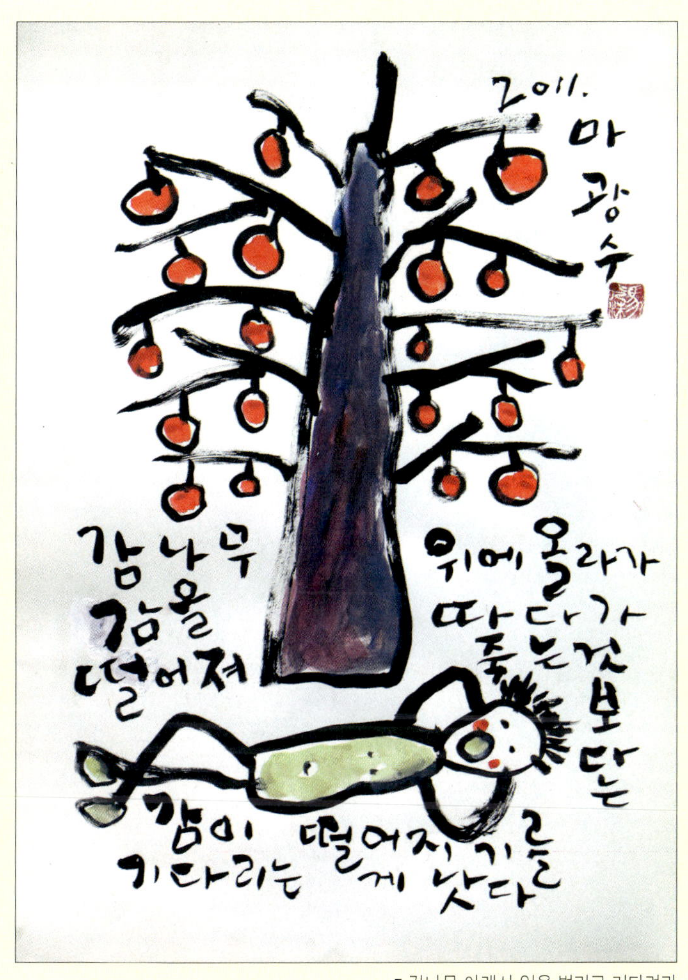

■ 감나무 아래서 입을 벌리고 기다려라

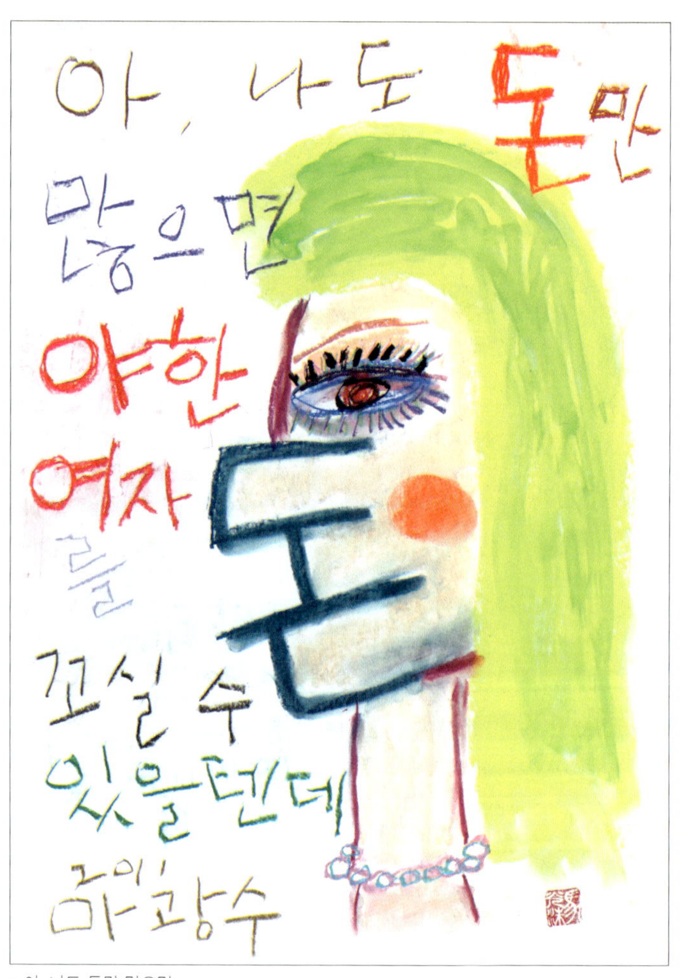

■ 아, 나도 돈만 많으면

남자는 재력(財力), 여자는 색력(色力)

나이를 많이 먹고 나서 젊은 여자와 연애하려다 보니, 모든 열쇠가 '돈'에 달려있다는 것을 알게 되었다. 나같이 나이 먹어 늙은 남자는 돈 없이 젊은 여자를 절대로 꼬실 수 없다.

젊은 여자를 원하는 걸 욕하면 안 된다. 여자도 역시 연하의 젊고 싱싱한 남자를 원한다. 이건 '로리타(Lolita) 콤플렉스'도 아니고 그저 그런, 아주 당연한 심리다. 남자나 여자나 이른바 '영계'를 통해 잃어가는 기(氣)를 보충 받으려고 한다.

남녀평등의 세상으로 되어가고 있는 것은 사실이지만, 아직도 한국에서는 사랑할 때 나이를 따진다. 그러니 남자는 재력(材力)이요, 여자는 색력(色力)이라는 공식이 통용되게 되었다.

사정이 그렇다 보니 "아, 나도 돈만 많으면 젊고 야한 여자를 꼬실 텐데……"하는 한탄이 나올 수밖에 없다. 이른바 '명품' 선물을 계속 안겨줘야 하니 말이다. 죽기 전에 베스트셀러라도 한 권 써서 대박이 나보고 싶다.

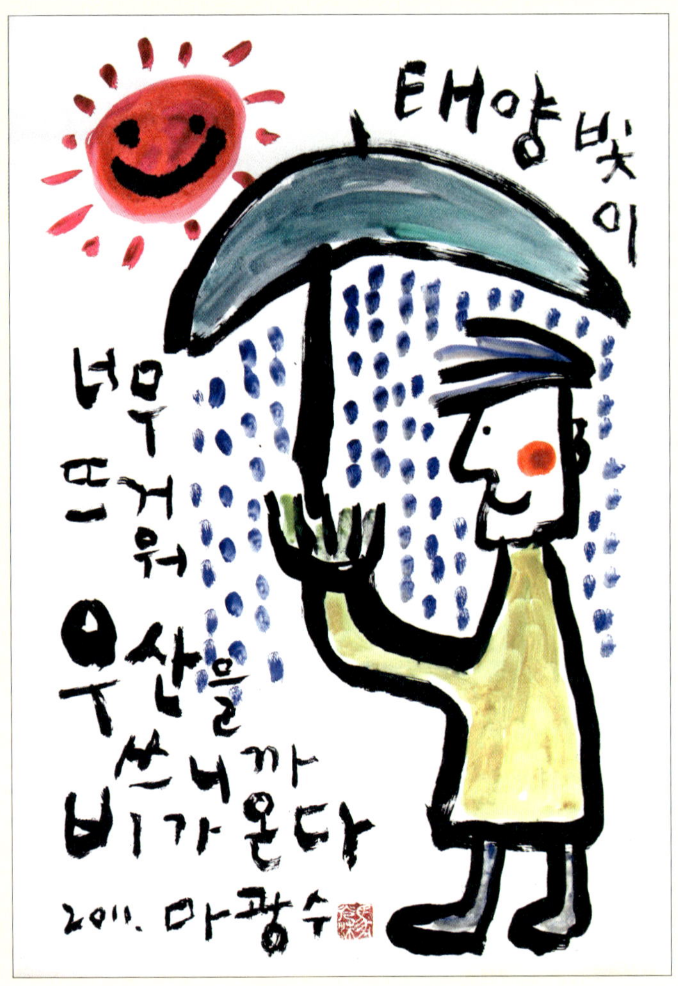

■ 우산을 쓰니까 비가 온다

모든 것은 우연히 변한다

모든 것은 변한다. 필연적으로 변하는 것도 있지만 우연적으로 변하는 것
도 많다. 그래서 주역(周易)은 '구(姤) 괘(卦)'를 만들어 '구(姤)'를 '후
(逅)' 즉 '우연한 만남'으로 해석하고, '우연한 길사(吉事)'와 '우연한 흉
사(凶事)'를 괘(卦)의 대의(大義)로 삼고 있다.

태양이 뜨겁게 내리쪼이는 데 태양빛을 가려줄 양산이나 모자가 없다 그
럴 때는 이것저것 가리며 남 눈치 볼 것 없이 우선 우산이라도 있으면 쓰고
봐야 한다(아니, 일부러 우산을 쓸 수도 있다). 그러다 보면 역설적 의도에
따른 '상징의 연역' 효과에 따라, 한줄기 시원한 비가 우연히 쏟아져 내릴
수도 있고 우산 속(즉, 마음 속)에서 내릴 수도 있다.

'필연'이란 결국 '우연'과 동의어(同意語)일지도 모른다.

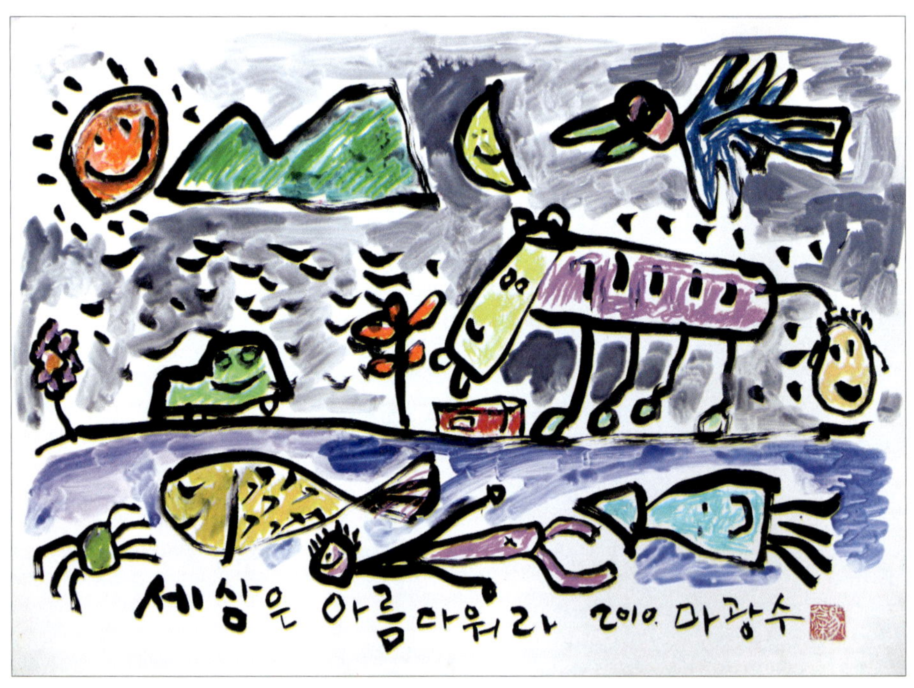

■ 세상은 아름다워라

자연과 우리

우리의 눈은 간사하다. 일이 술술 풀려 잘 돌아갈 때는 세상이 온통 아름다워 보인다. 특히 사모했던 이성(異性)과의 사랑이 이루어졌을 때, 세상은 온통 장미 빛이다.

그렇지만 하는 일이 잘 안 풀리고 있을 때, 특히 실연을 했을 때는 세상이 온통 지저분하고 더럽게만 보이는 것이다.

이를테면 눈(雪)이나 비(雨)가 쏟아져 내릴 때가 그렇다. 사랑하는 애인과 눈길을 걸어간다거나, 비를 맞으며 걸어가는 것은 진정 '낭만의 극치'가 된다. 다른 사람들이 설해(雪害)나 수재(水災)로 고생을 한다고 해도 아랑곳하지 않는다.

그 반대로 하는 일이 잘 안 풀린다면 눈이나 비가 오는 것이 그저 지저분해 보일 뿐이다. 눈보라 속을 걸어간다거나 함박눈을 맞으며 걸어가는 일이 그저 짜증스럽기만 하다.

그러므로 자연은 아름다울 수도 있고, 아름답지 않을 수도 있다.

시작이 반

　시작이 반이다. 결과가 언제 나타날지 모르더라도 우선 시작해놓고 봐야
한다. 요모조모 머리를 굴려가며 일의 성패를 미리부터 따지지 않는 게 좋
다.

　때로는 노력의 결과가 일찍 나타날 수도 있고 늦게 나타날 수도 있다. 이
럴 때 필요한 게 바로 '두고 보자 정신'이다. 느긋한 마음으로 일이 성사되
기를 기다려보는 것이다. 오도 방정을 떤다고 해서 늦게 이루어질 일이 빨
리 이루어지진 않는다.

　나는 20대 중반에 시(詩)로 문단에 데뷔했지만, 소설도 함께 쓰고 싶었
다. 그래서 대학시절부터 신춘문예나 유명 문학잡지 공모에 투고하곤 했는
데, 번번이 예선에 들어 꼭대기까진 갔다가 떨어지고 말았다.

　그래서 그저 시와 논문(대학 교수니까)으로 만족해야 했는데, 뜻밖에도
38살 때 공모에 낸 것도 아닌데 〈문학사상〉 지에서 장편소설 연재를 청탁
해왔다. 그래서 처음 발표하게 된 장편 소설이 〈권태〉다. 마음먹고 기다리
면 언젠가는 바라던 일이 성사될 수 있다는 것을 나는 그때 알게 되었다.

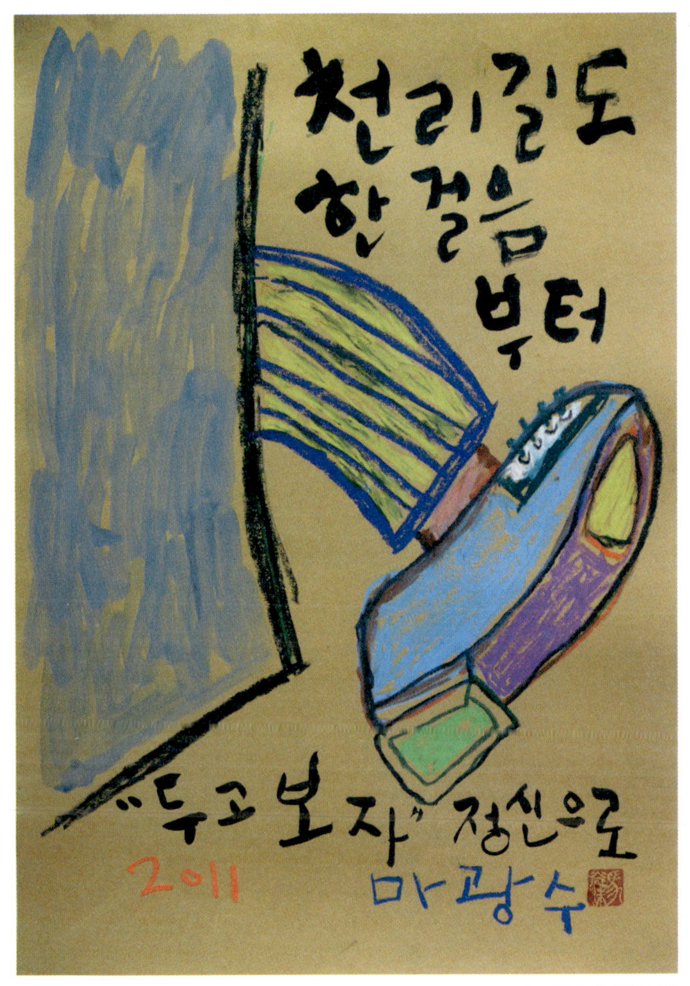

■ 천리길도 한 걸음부터

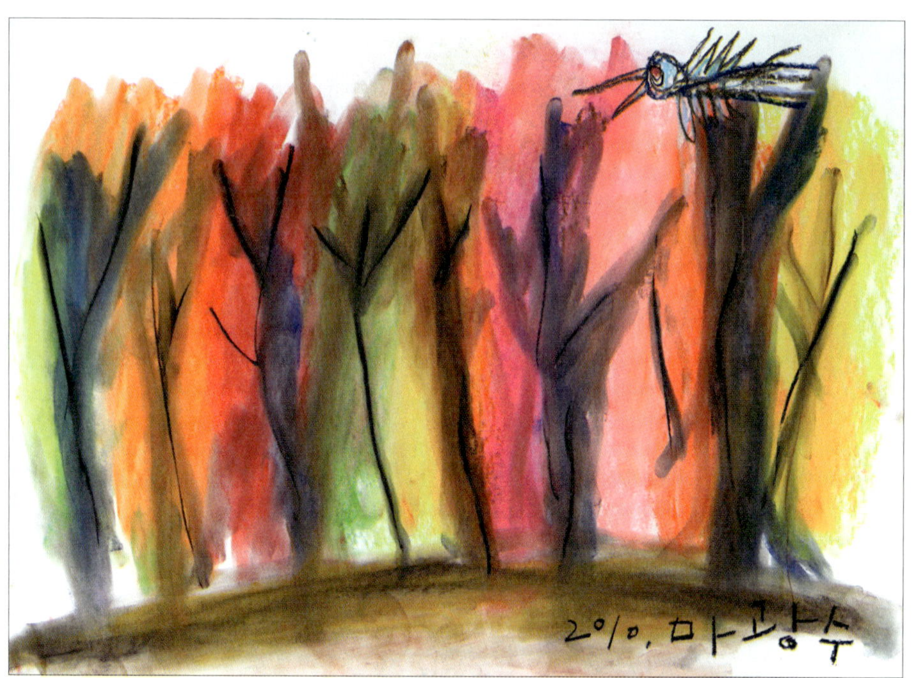

■ 가을 단풍 숲

인생의 가을, 인류의 가을

어느덧 내 나이도 인생의 가을로 접어들었다. 그래서 그런지 가을이 오면 더 반갑고 친근한 생각이 든다. 특히 붉게 타오르는 단풍들을 보면, 나도 어서 죽기 전에(즉, 인생의 겨울이 오기 전에) 더욱 자유롭고 화려하고 야한 작품들을 발악적으로 많이 써보고 싶어진다.

인생에 사계절이 있듯이 이 세상에도 사계절이 있다. 봄은 인류의 태동기요, 여름은 인류의 생장기(生長期)다. 그리고 가을은 인류의 문화적 완성기, 곧 결실기(結實期)다. 결실기가 끝나면 서서히 소멸기(겨울)가 되는데, 그것을 가리켜 천지개벽이라고 한다.

긴 겨울을 넘기고 천지가 개벽하여 신세기(新世紀)가 되면 다시 봄이다. 즉, 인류가 멸망한 후에 태어난 신인류(新人類)가 새로운 문화와 문명을 가꿔나가게 되는 것이다.

내 인생의 겨울이 언제 찾아올지 모르겠다. 다시 말해서 언제 내가 죽을지 모르겠다. 죽기 전에 조금이라도 더 새빨간 단풍 같은 '야한 문학'을 생산해 놓고 싶다.

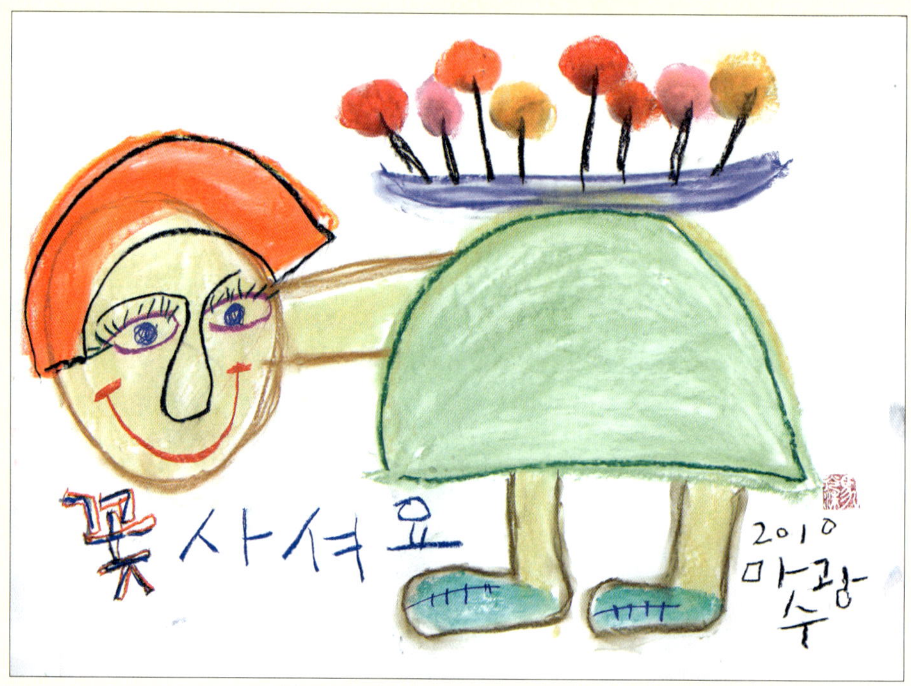

■ 꽃 사셔요

꽃 파는 아가씨

　'꽃'은 상징이론에서 여성의 성기를 가리키는 상징어로 풀이된다. 그러니까 '꽃 파는 아가씨'라고 하면 '매춘녀(賣春女)'로 풀이될 수 있다.

　매춘녀는 흔히 나쁜 의미로 쓰이지만, 문학작품에서는 고혹적이고 요염한 '팜프파탈'로 그려질 때가 많다. 명작 속에 나오는 여인상(女人像) 가운데 두고두고 사람들에게 기려지고 동경의 대상이 되는 여인들은 대개가 매춘녀 들이다.

　도스토예프스키의 소설 〈죄와 벌〉에 나오는 '소냐'가 그렇고, 뒤마 피스의 소설 〈춘희(椿姬)〉에 나오는 '마르그리뜨'가 그렇다. 그밖에도 메리메의 소설 〈카르멘〉에 나오는 '카르멘', 아베 프레보의 소설 〈마농 레스코〉의 '마농', 심지어 〈신약성서〉에 나오는 '막달라 마리아' 등이 모두 다 매춘녀들이다. 〈신약성서〉에서 예수가 가장 사랑했던 여인이 바로 막달라 마리아였고, 예수의 영광스런 부활을 처음 목격하는 영예를 누린 것도 막달라 마리아였다. 그러므로 '꽃 파는 아가씨'야 말로 가장 매력적인 여인인 셈이다.

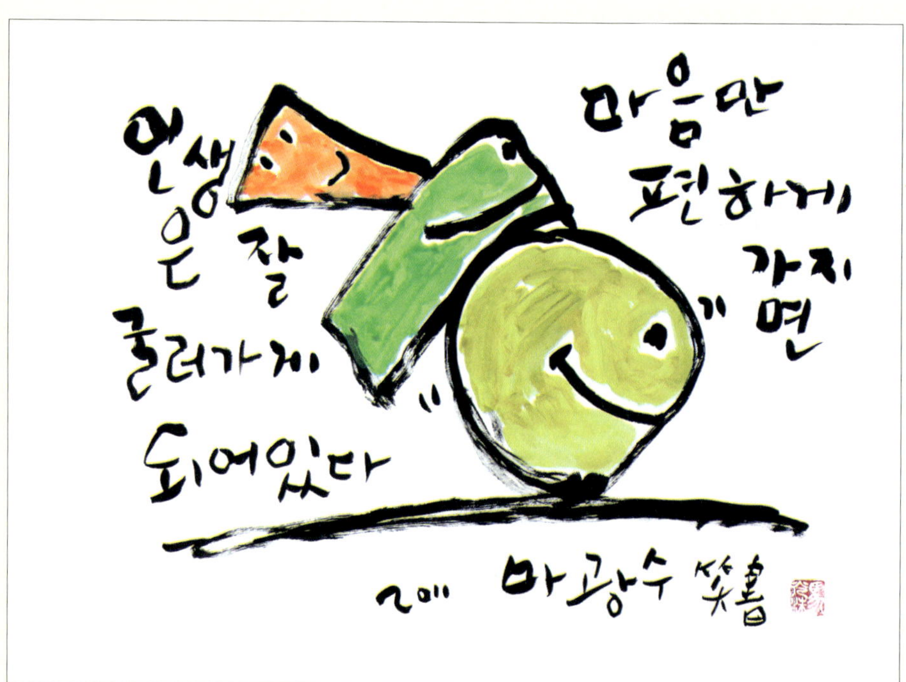

■ 굴렁쇠 인생

인생은 굴렁쇠

인생은 돌고 돈다. 아니 길흉화복(吉凶禍福)은 돌고 돈다. 궁(窮)하면 통(通)하고, 통하다 보면 반드시 궁해진다. 이런 이치를 깨닫게 되면 웬만한 불행을 겪어도 끄떡없이 버텨나갈 수가 있다. 스르르 빙글빙글 돌아가는 굴렁쇠처럼 여유롭게 살아나갈 수가 있는 것이다.

나도 어지간한 풍파를 많이 겪었다. 감옥에 가보기도 하고 직장에서 잘려보기도 했다. 그리고 이혼을 경험해 보기도 하고, 직장 동료 교수들한테 집단 따돌림을 당해 심한 우울증을 오래 앓아보기도 하였다. 그런데도 아직껏 내가 버티고 살아남은 것은, 언젠가는 통(通)하고 말 것이라는 믿음을 갖고 있었기 때문이었다.

굴렁쇠처럼 굴러가다 보면 자갈밭을 만날 수도 있고 평탄한 길을 만날 수도 있다. 그런 사실을 미리 인지(認知)하고 있기만 해도, 우리는 이 험난한 인생살이를 자살하지 않고 그럭저럭 버텨나갈 수 있는 것이다. 넘어질듯 다시 서는 오뚝이처럼.

올바른 문장의 도(道)

나는 특히 대학원 학생들을 가르칠 때, "문장의 길은 멀고도 험하다"라고 애기하곤 한다. 그만큼이나 쉽고 매끄럽게 술술 읽히는 문장력을 연마하기가 어렵기 때문이다.

내가 늘 느끼게 되는 것은, 한국에서 유명한 문학상(文學賞)을 수상했다는 시와 소설일수록 더럽게 어렵게 읽힌다는 것이다. 한 문장을 두, 세 번 읽어서야 겨우 뜻을 파악하게 되는 경우가 많다.

바로 유식한 체 하고 싶어 하는 '현학 취미' 때문이다. 그렇지만 내가 보기에 어려운 글은 심오한 글이 아니라 '못쓴 글'이다.

나는 문장이 쉽게 술술 읽히도록 하기 위해 지난한 습작의 과정을 거쳤다. 그래서 내 책의 애독자들은 글이 너무 술술 읽혀 책 자체가 너무 '가벼워' 보인다고 말한다. 그리고 문학평론가들은 아예 내 글이 '경박하다'고까지 말한다. 나로서는 정말 억울한 일이다.

다시 말하지만, 어려운 글은 심오한 글이 아니라 못쓴 글이다.

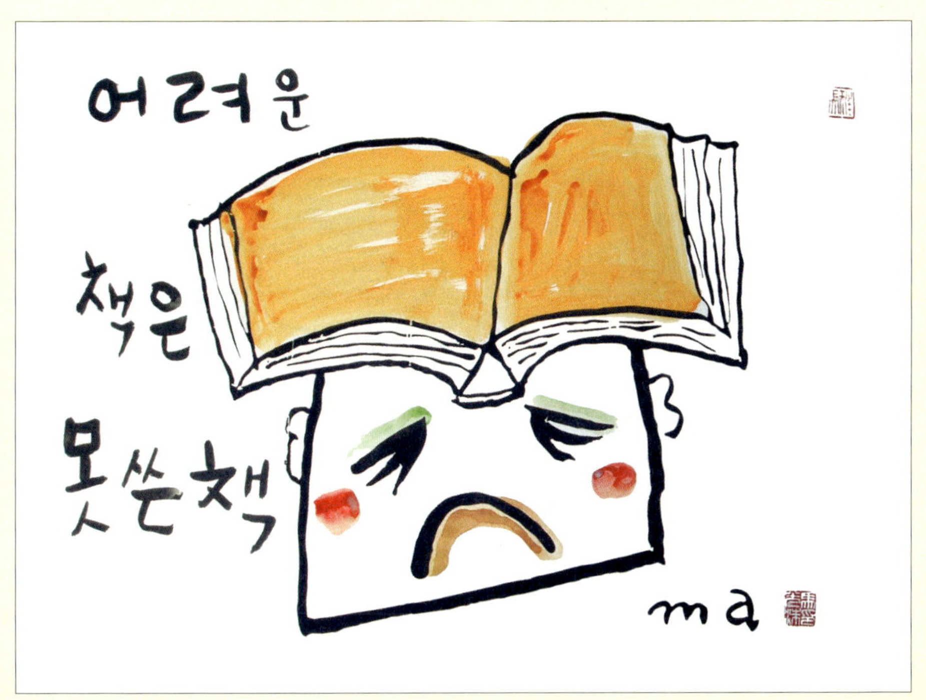

■ 어려운 책은 못쓴 책

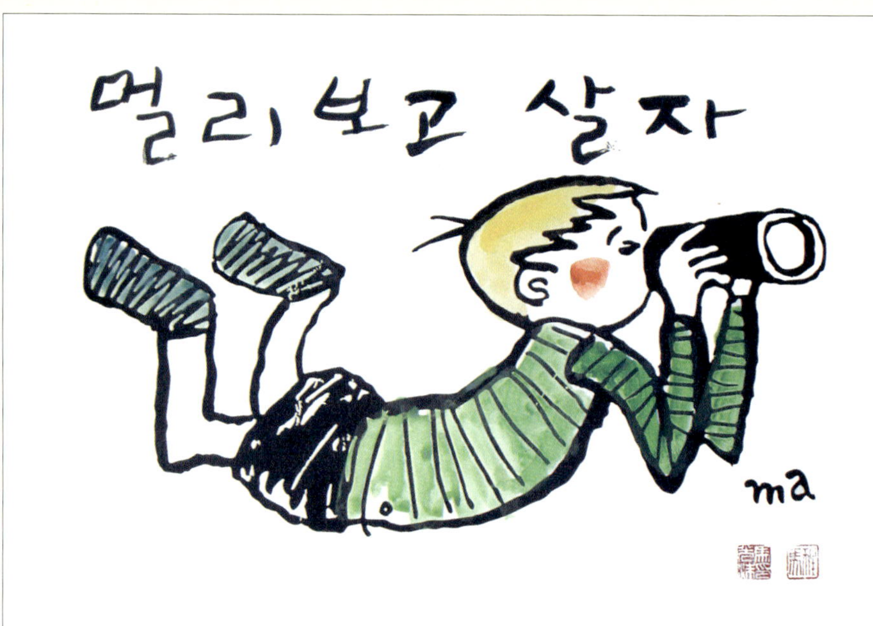

■ 멀리 보고 살자

인생은 마라톤

인생은 100미터나 200미터 단거리 경주가 아니라 마라톤이다. 그래서 길게 보고 살면서, 당장 부딪친 일에 대해 너무 희비(喜悲)가 엇갈려서는 안 된다.

마라톤 경주를 보면, 처음엔 일등으로 달리던 선수가 종당에 가서는 3,4등으로 끝나는 경우가 많다. 너무 성급하게 에너지를 소모시켜 버렸기 때문이다.

평균 수명이 엄청나게 길어졌기 때문에, 요즘의 인생길은 정말로 '마라톤' 코스가 되어 버렸다. 그러므로 조급하게 서둘러 이른 출세나 성공을 바라서는 안 된다.

문학을 지망하는 청년들에게 가장 선망의 대상이 되는 것은 '신춘문예 당선'이다. 그런데 이상하게도 각 신문사의 신춘문예 공모에 당선한 사람들이 오래 가는 경우가 무척 드물다. 그야말로 '반짝 효과'를 내고 끝나는 경우가 많다.

또 "신동(神童)" 소리를 듣는 어린 학생들 역시 마찬가지다. 모름지기 긴 인생길을 천천히 뜯들여가며 소요하듯 걸어가는 것이 좋다.

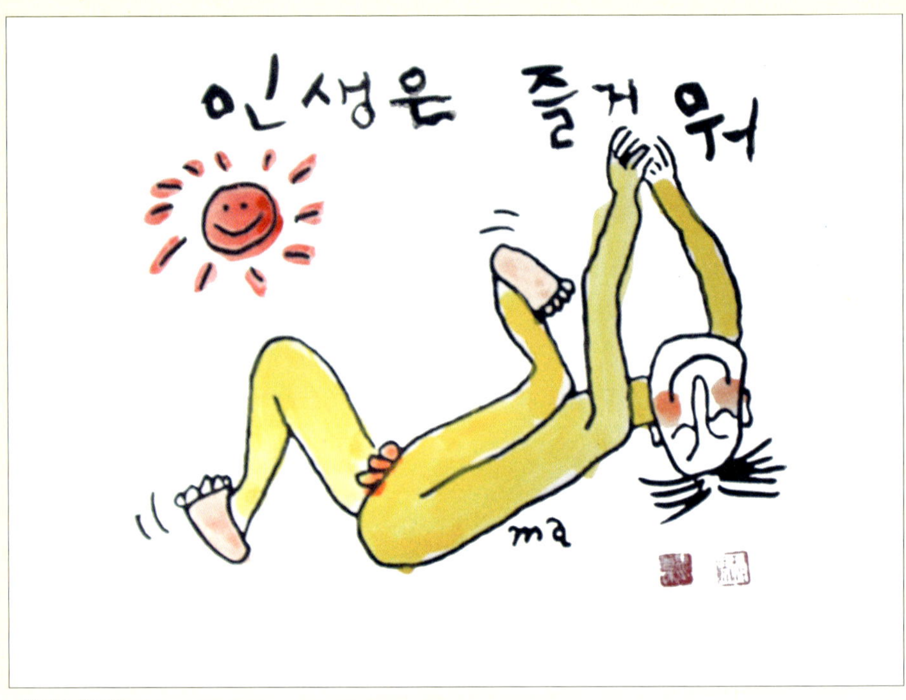

■ 인생은 즐거워

그래도 인생이 즐겁다고 느껴질 때들

일주일이나 대변을 배출하지 못하다가 시원한 설사라도 하면 인생이 즐거워진다.

한여름 삼복더위에 시원한 소낙비가 내리면 인생이 즐거워진다.

한 달쯤 목욕을 못하고 있다가 목욕을 하게 되면 인생이 즐거워진다.

외국으로 이민 가서 오래 살던 고등학교 때 동창 친구가 오랜만에 한국으로 와서 만나게 되면, 다시 말해서 '유붕자원방래(有朋自遠方來)'하면 인생이 즐거워진다.

예전에 서로 사랑하다가 피치 못할 사정으로 다른 남자에게 시집간 옛 연인이 전화를 해오면 인생이 즐거워진다.

길거리나 카페 같은 곳에서 손톱을 무지무지하게 길게 기른 여자를 보게 되면 인생이 즐거워진다.

강의를 하는데 맨 앞자리에 앉아 있는 여학생이 초미니스커트를 입고 허벅지를 시원하게 노출시키고 있는 것을 보면 인생이 즐거워진다.

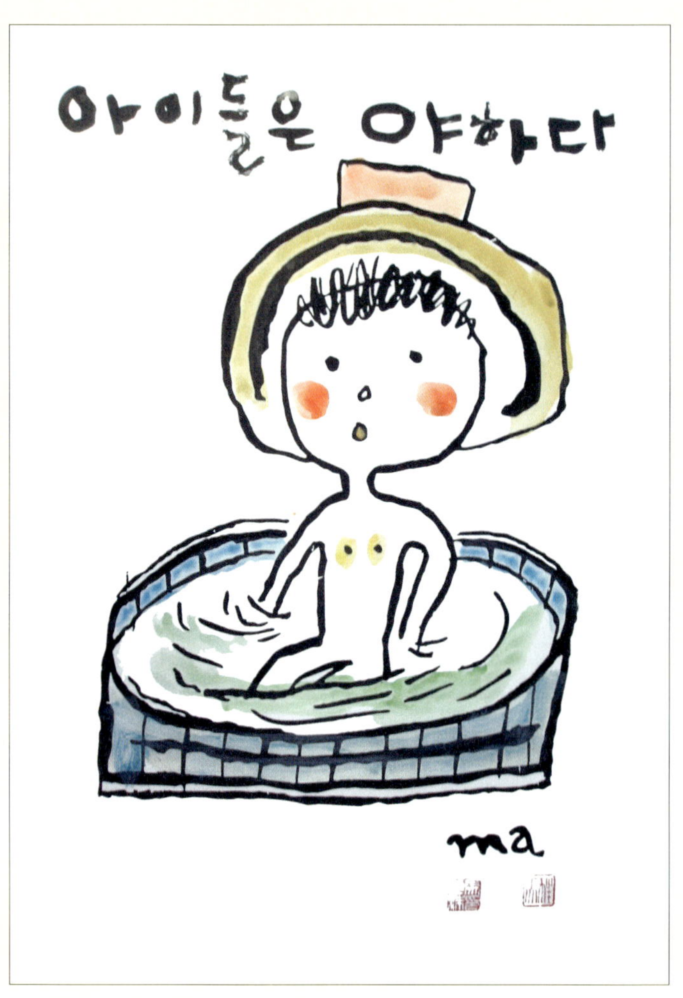

■ 아이들은 야하다

동심(童心)의 본질

기독교는 못마땅하지만 예수가 한 말 자체로만 보면 쓰임새가 있는 말이 더러 있다. 그 중에서도 가장 고개가 끄덕거려지는 말은 "너희가 어린아이처럼 되지 않으면 결단코 천국에 못 들어간다"는 말이다.

아이들은 다 야(野)하다. 다시 말해서 육체적 본능에 솔직하다. 예의, 염치, 도덕 같은 인위적인 것들이 아이들 마음속에는 없다.

아이들은 사디스트이기도 하고 마조히스트이기도 하고 페티시스트(fetishist)이기도 하다. 다시 말해서 다들 변태성욕자들이다. 하는 행동이 동물과 똑같다.

예수는 어른들도 그렇게 되어야만 천국에 이를 수 있다고 했다. 여기서 말하는 '천국'은 죽은 다음에 가는 천국이 아니라, 살아있을 때 갖게 되는 '마음의 천국'을 가리킨다는 게 내 생각이다.

동심(童心)의 본질은 선(善)한 데 있는 것이 아니라 본능에 솔직한 데 있다.

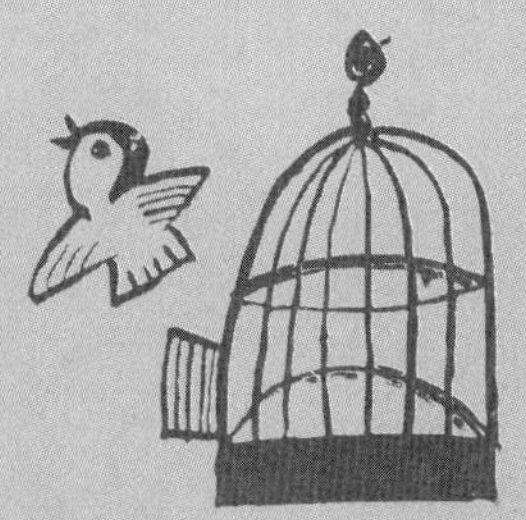

5.
그녀는
날아갔네

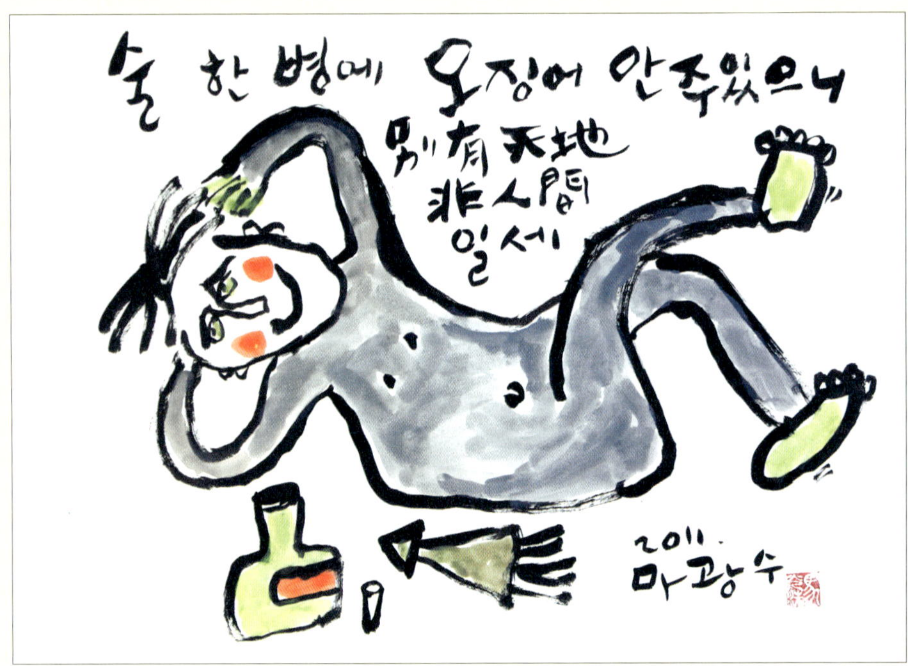

■ 술이 최고야!

독작(獨酌)

고달프디고달픈 인생살이에 있어, 그래도 우리를 버티게 만들어주고 있는 것은 '술'이 아닐까? 알코올 중독까지 가서는 안 되겠지만, 적당한 음주는 확실히 우리의 갖가지 스트레스들을 풀어준다.

중국의 시선(詩仙)으로 일컬어지는 이태백은, 인간 세상 안에 있는 지상 낙원 비슷한 의미로 '별유천지비인간(別有天地非人間)'이라는 말을 쓰고 있다. <산중문답(山中問答)>이라는 시를 통해서다. 술이야말로 우리를 '별유천지비인간'의 세상으로 인도해준다.

우리나라 사람들은 술은 반드시 벗과 어울려 마셔야만 한다는 생각을 갖고 있어서, 혼자서 술 마시는 사람들이 드물다. 그래서 혼자서 부담 없이 가서 조촐한 고독을 즐길 수 있는 '싱글 바(Single Bar)' 같은 곳이 별로 없다.

그러나 내 경험으로는, 어중이떠중이와 어울려 마시는 술보다는 혼자서 마시는 술맛이 오히려 더 좋다.

아아, 술 마시고 싶다.

별

이 세상 모든
괴로워하는 이들의 숨결까지
다 들리듯
고요한 하늘에선

밤마다
별들이 진다

들어 보라

멀리 외진 곳에서 누군가
그대의 아픔을 위해
기도하는 시간

지는 별들이 더욱
가깝게 느껴지고

오늘
그대의 수심(愁心)이
수많은 별들로 하여

더욱
빛난다

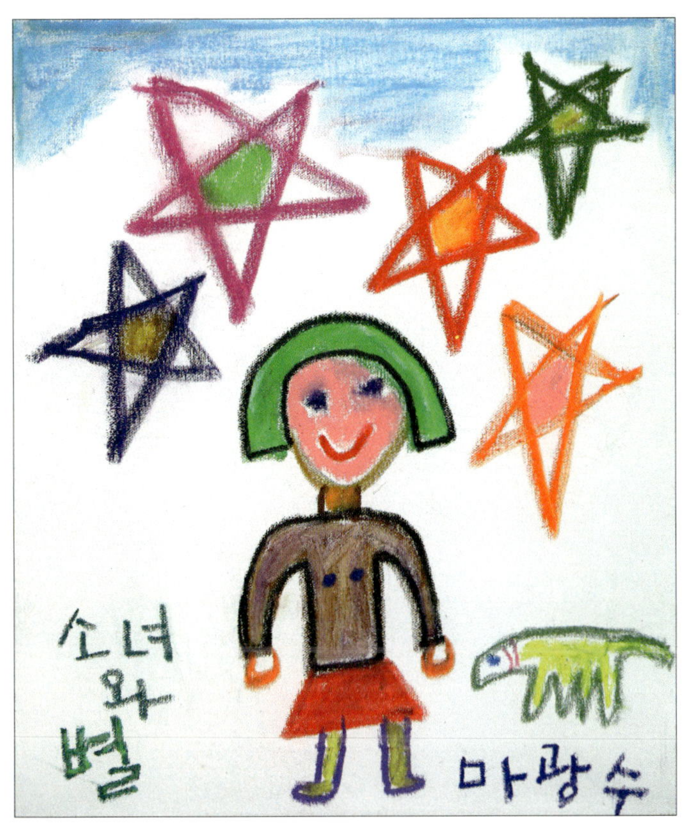

■ 소녀와 별

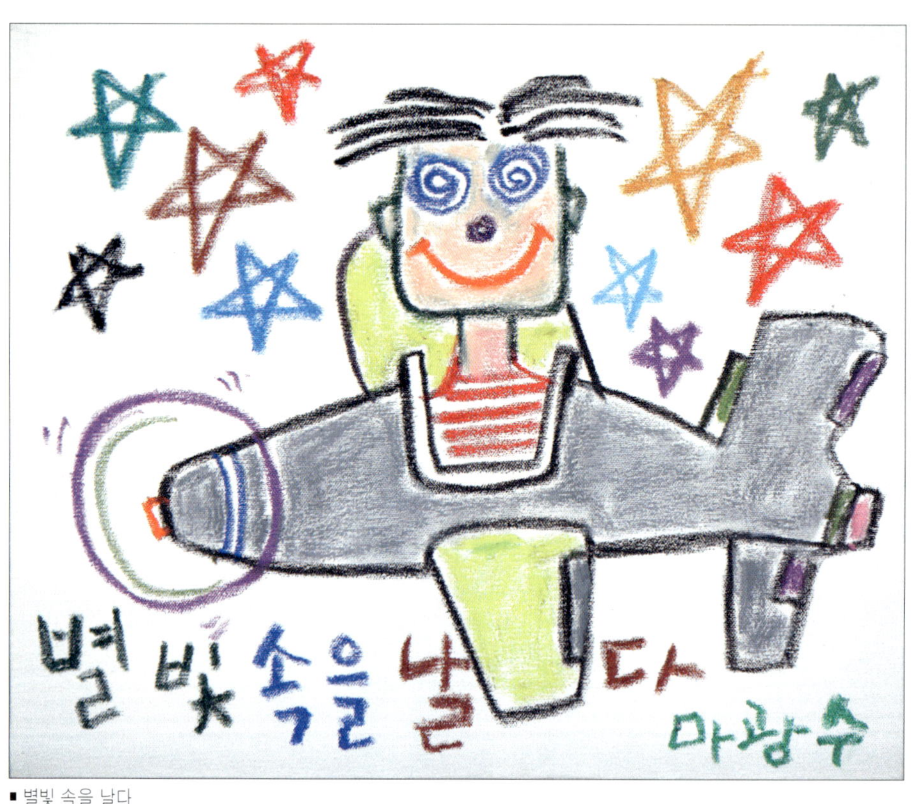

■ 별빛 속을 날다

비행기를 타면 자랑하고 싶어진다

비행기를 타면 나는 막 소리쳐 자랑하고 싶어진다.
"난 비행기를 탔어요. 글쎄 난 정말로 비행기를 탔다니까요!"
비행기를 타고 별빛속의 밤하늘을 날아가는 것은 얼마나 신나는 일이랴.
창밖으로 내려다보면 땅 위의 사람들은 모두
꾸물꾸물 기어 다니는 불쌍한 아메바
나는 그들보다 훨씬 더 고등생물인 것 같아 유쾌하다.

로켓을 타면 나는 막 소리쳐 자랑하고 싶어진다.
로켓을 타고 우주를 날아가는 것은 얼마나 신나는 일이랴.
까마득히 아래로 지구를 내려다보면
그건 영락없는 탁구공, 진딧물, 말미잘
나는 마치 내가 신(神)이라도 된듯하여 그지없이 유쾌하다.

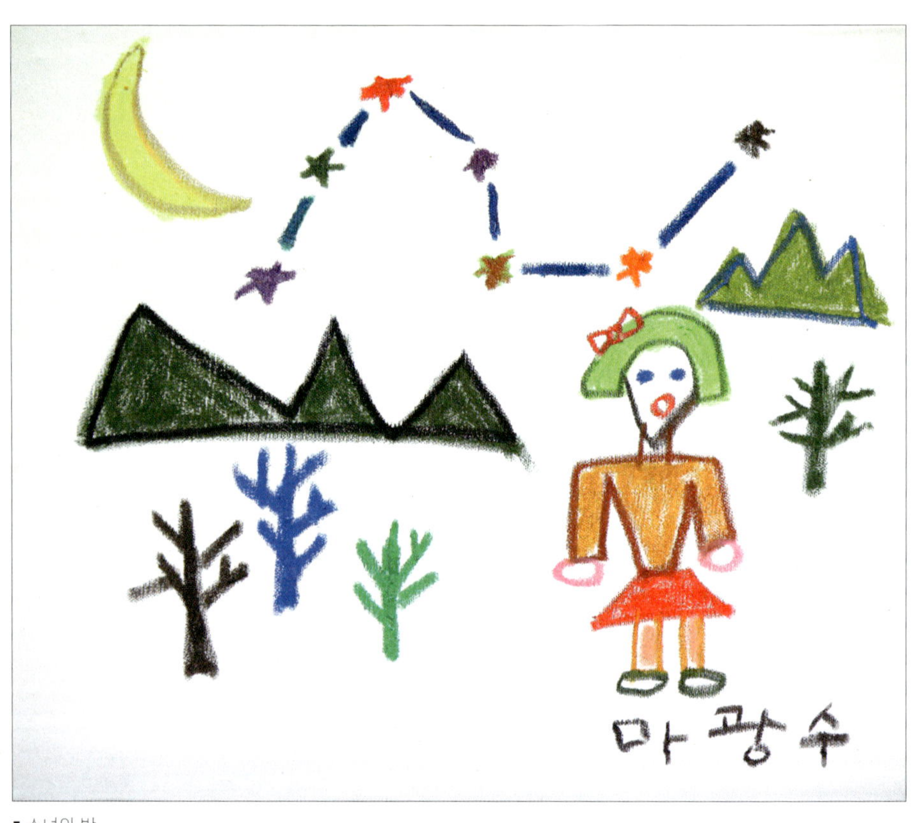

■ 소녀의 밤

그리운 별빛 달빛

서울에서는 이제 별을 통 볼 수가 없다. 지독한 스모그 때문이다. 또한 서울에서는 설사 밤에 보름달이 뜬다고 해도 쟁반같이 커보이지도 않고 밝아 보이지도 않는다.

그러나 시골에 가면 사정이 전혀 달라진다. 하긴 요즘엔 시골에도 전기가 다 들어가기 때문에 예전 같은 밤하늘 풍경을 보기 힘들지도 모른다.

나는 고등학교 시절부터 대학 시절까지 '농촌봉사 동아리'에 가입하여, 여름과 겨울마다 봉사활동을 하러 시골에 갔었다. 그때의 시골에는 전기가 전혀 들어오지 않았다. 연도로 치면 1966년부터 1972년까지의 기간이다.

그래서 오히려 밤하늘에 떠있는 무수한 별들을 볼 수 있었고, 은하수까지도 볼 수가 있었다.

특히나 달밤의 기억은 유별나다. 전기불이 없는 캄캄한 시골길을 비춰주는 달빛이 너무나 환해 보였었다. 가난하지만 낭만이 있었던 시골만의 정경(情景)이었다.

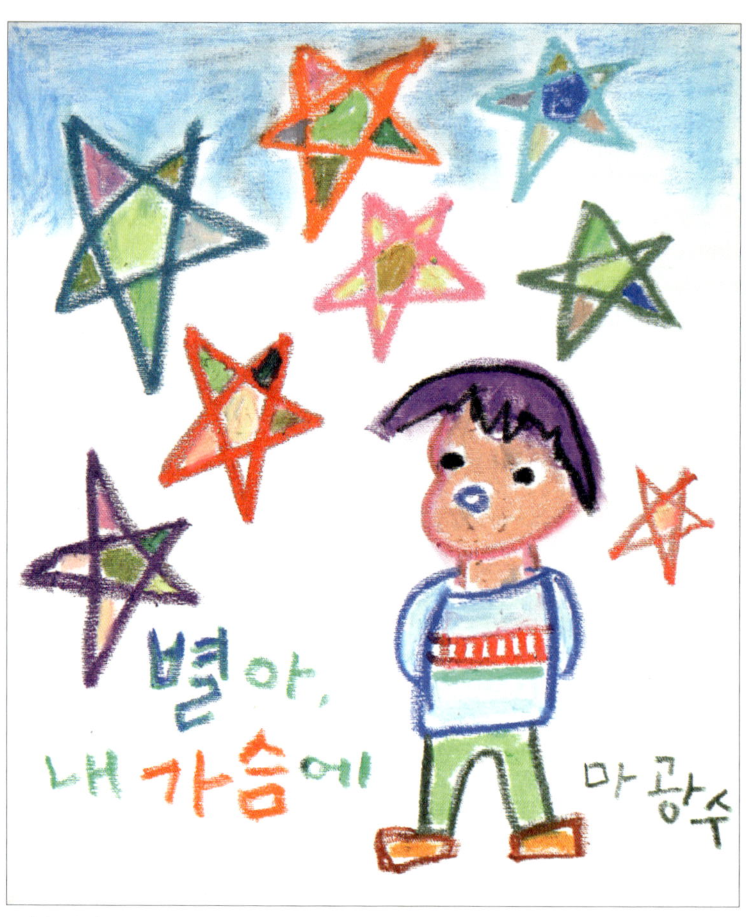

■ 별아, 내 가슴에

나를 제발 별나라로 데려가라!

나는 어느 날 밤 꿈속에서 비행접시를 타고 날아온 외계인들에게 초대되었다. 그래서 말할 수 없이 빠르게 날아가는 비행접시를 타고서 너무나 빨리 그들이 사는 별나라에 도착했다. 그 별나라의 이름은 '야해라'였다.

'야해라' 별나라는 얼핏 보기에 노예들이 우글거리는 고대 로마제국을 연상시켰다. 그러나 나중에 알고 보니 그 노예들은 고도의 과학기술로 만들어진 '생물학적 로봇'들이었다.

나는 그 별나라에 머무는 동안 기막히게 안락한 저택에서 여자 섹스 로봇 10개(?)를 마음대로 부려먹을 수 있었다. 다들 하나같이 20살 안팎의 요염 무쌍한 여인들이었다.

아침에 일어나면 그녀들은 그들의 혀로 나를 세수시켜 준다. 산해진미의 식사를 먹을 때는(나중에 알고 보니 그 음식물들도 생화학적으로 만들어진 인공식품늘이었다) 그녀늘이 늘어붙어 입으로 음식을 십어 들고 끄구 썹은 뒤 내 입안에 넣어준다. 그런 뒤 하루 종일 내가 한 일은 오직 광란의 그룹 섹스였고……

그녀는 날아갔네

내가 잠잘 때 코를 골자
그녀는 달아났네.

내가 술 마시고 한 번 토하자
그녀는 달아났네.

내가 정력이 없어지자
그녀는 달아났네.

내가 돈이 떨어지자
그녀는 달아났네.

내가 결혼해 달라고 조르자
그녀는 날아갔네.

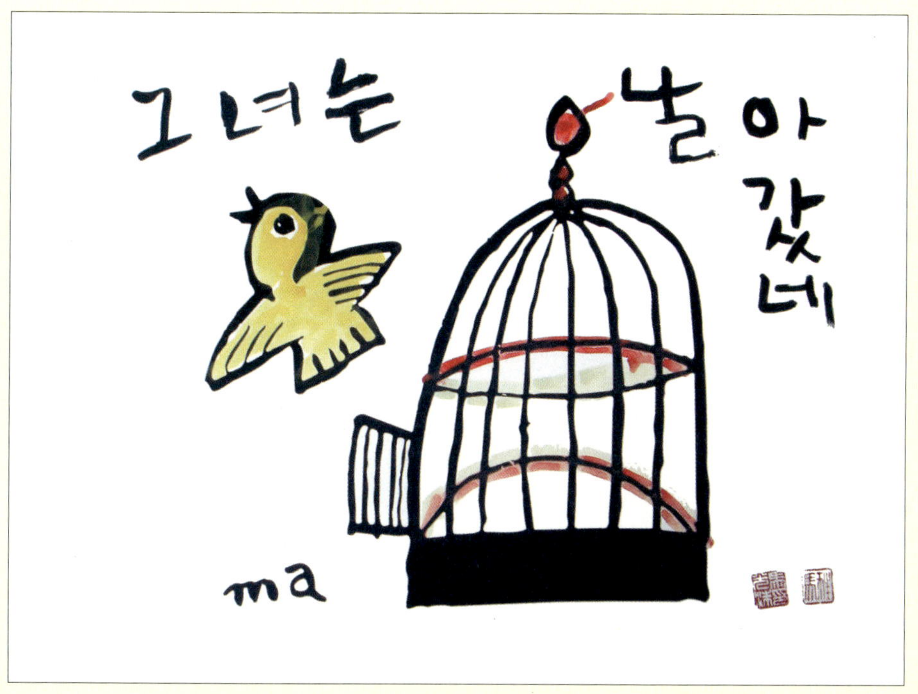

■ 그녀는 날아갔네

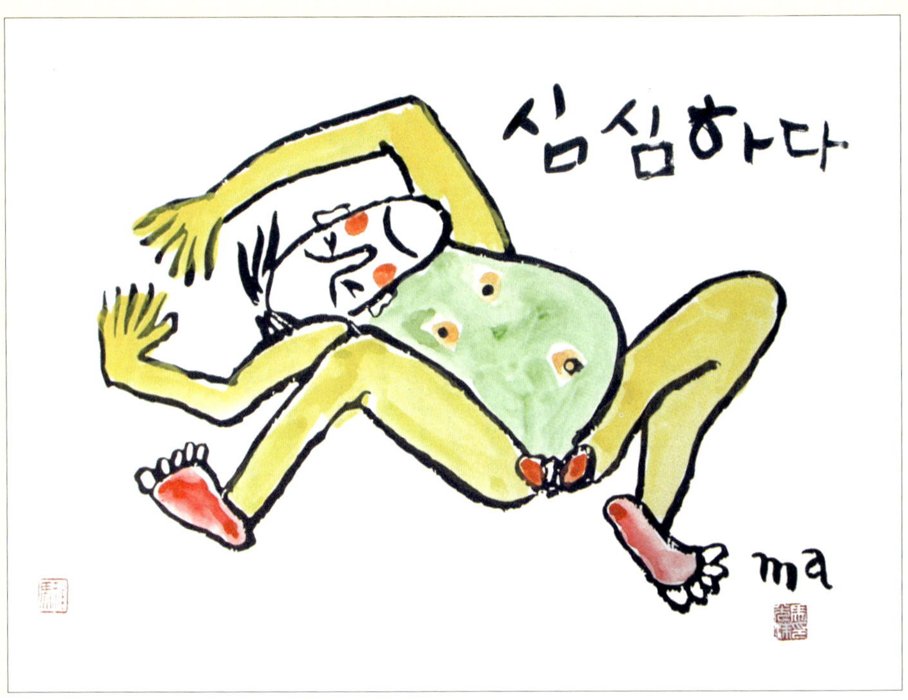

■ 심심하다

권태

내가 맨 처음에 발표한 장편소설 제목이 <권태>다. '권태'는 그만큼이나 내 평생에 있어 일종의 '화두' 역할을 했다.

우선 사랑문제에 대해서 생각해 보자. 나는 사랑은 관능적 흥분으로 시작되고, 잠시 서로 관능적 만족감을 맛보다가, 결국은 '권태'로 끝나는 것이라고 생각한다. 내가 결혼한 지 3년 만에 이혼하게 된 결정적인 원인은 '권태' 때문이었다.

그러나 예술작품을 생각해 볼 때 '권태'는 좋은 역할을 하기도 한다. 권태는 창조적 상상력으로 이어져 개성적인 작품으로 열매 맺게 되기 때문이다. 권태는 변태를 낳고, 변태는 창조를 낳는 것이다.

인간은 생식적 섹스 갖고는 만족을 못하여 이른바 '변태적 섹스'를 고안해 내게 되었다. 그러나 내 생각에 변태는 없다. 다만 특이하고 개성적인 '성적(性的) 취향'만이 있을 뿐이다.

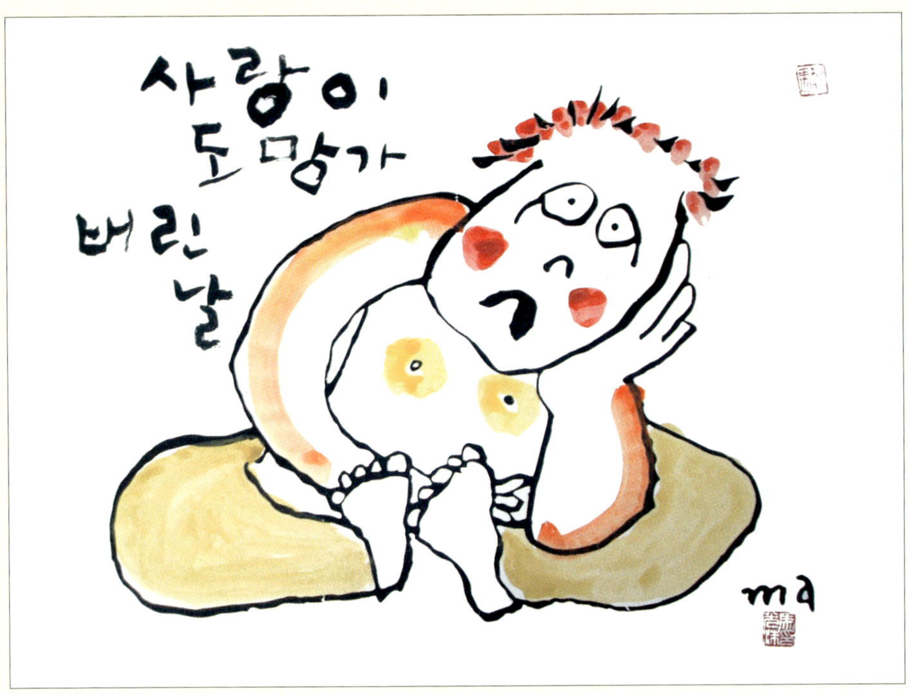

■ 사랑이 도망가 버린 날

사라진 사랑!

내가 읽은 외국 소설들 중에 노벨 문학상 수상 작가 솔 벨로우가 쓴 <죽음보다 깊은 실연>이라는 소설이 있다.

제목이 암시하는바 그대로, 정말 실연의 고통이란 죽음의 고통만큼이나 무섭고 끔찍한 고통이다. 그래서 실연 때문에 자살하는 사람도 많고 미쳐버리는 사람도 많다.

내가 제일 불쌍하게 생각됐던 여자는, 조각가 로댕의 애인이었다가 그에게서 버림받아 평생을 정신병원에 산 '까미유 끌로델'이었다. 또 화가 피카소의 첫 번째 애인이었던 여자는 피카소에게서 버림받고 자살해버렸다.

소설 속에서 실연 때문에 자살한 인물로 대표적인 사람은 괴테가 쓴 소설 <젊은 베르테르의 슬픔>에 나오는 베르테르라는 이름의 귀족 남성이다.

나도 평생에 실연당한 일이 많다. 제일 슬프고 기막혔던 경우는, 어떤 '이별의 암시'도 주지 않고 어느 날 갑자기 뜬금없이 내 곁에서 떠나 버리는 일이었다. '실연의 절차', 또는 '이별의 절차'라도 있어야 실연당하는 사람의 고통이 좀 덜어질 것 같다.

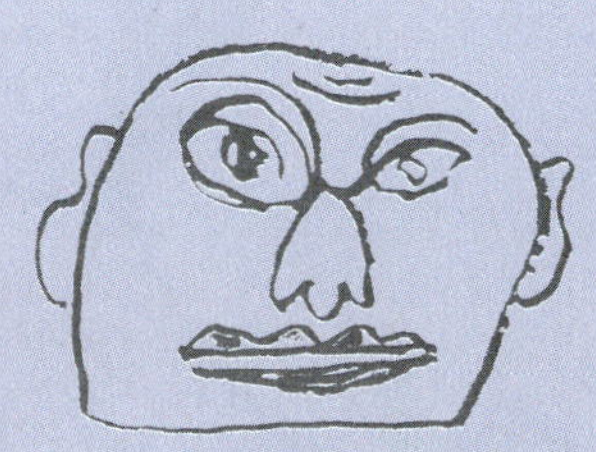

6.
나는
광마

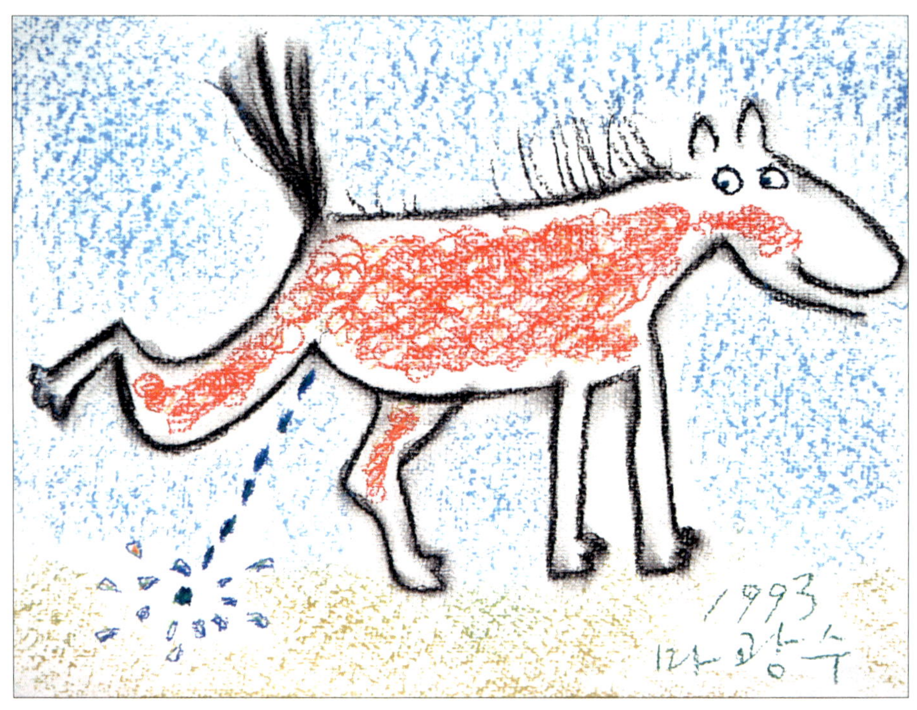

■ 볼일을 보고 있는 말

나는 광마(狂馬)

나는 내가 '마(馬)'씨(氏) 성(姓)을 타고 태어난 것에 감사한다. 광수(光洙)라는 이름이 너무 흔한 이름이기 때문이다. 꽤 이름을 드날린 사람이거나 지금도 드날리고 있는 사람들 중엔 '광수(光洙)'라는 이름을 갖고 있는 이들이 상당히 많다.

생각나는 대로 적어보면, 이광수(소설가), 신광수(시인), 오광수(미술평론가), 박광수(만화가), 김광수(음악가), 곽광수(불문학자) 등이 그렇다. 그런데 나는 성이 마가(馬哥)이기 때문에 흔한 이름의 대열에서 제외될 수 있었다

사람들은 내 이름을 한 번 들으면 절대 잊어버리지 않게 된다고 한다. 흔하면서도(이름이) 특이하기(성이) 때문이란다.

내 별명은 고등학교 때부터 '미친 말' 즉 '광마(狂馬)'인데, 선생님들이 내가 괴이한(?) 글을 많이 쓴다고 그렇게들 불러주셨다. 그래서 나는 '광마'가 들어가는 책을 세 권이나 내었다. <광마집(시집)>, <광마일기(장편소설)>, <광마잡담(장편소설)>이 그것이다.

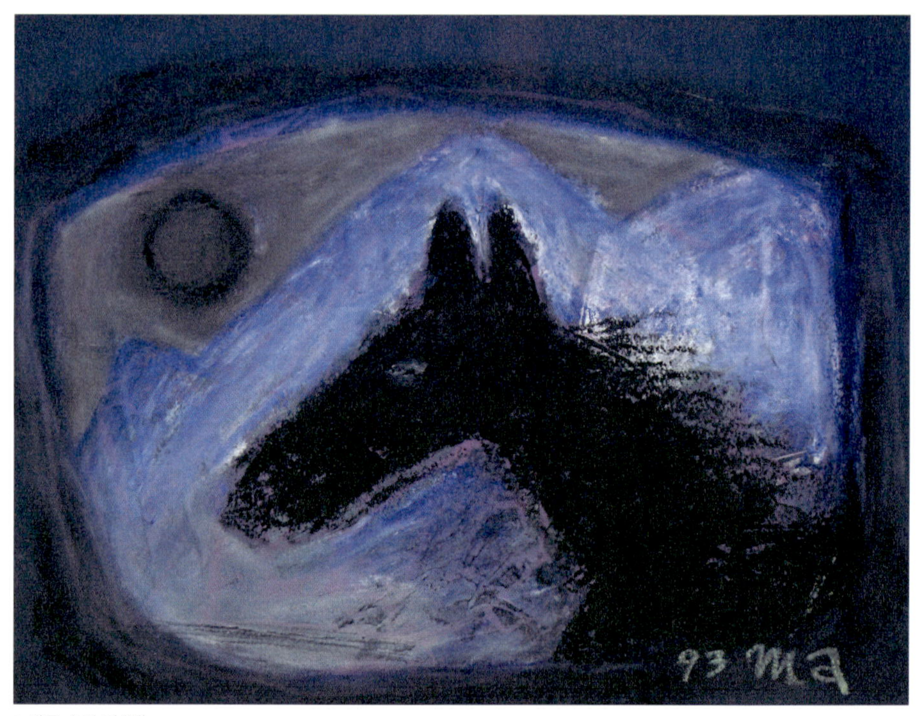

■ 어둠 속의 말(馬)

밤

왠지 모르게 후텁지근한 사련(邪戀)의 분위기를 풍기는 밤.

도시 전체가 노리끼리한 정액에 포만감 넘치게 뒤덮여 있는 것 같은 밤.

나를 뺀 모든 사람들이 감미로운 공포감 섞인 오르가즘에 한껏 기분 좋게 빠져들고 있다는 질투 어린 단정에 몸을 떨게 하는 밤.

밤은 내 주위를 감싸고돌며 푸른빛을 낸다. 태양빛이 모든 빛들을 무기력하게 만드는 대낮보다, 밤은 오히려 모든 사물의 빛깔들을 완연히 드러나게 한다. 밤은 우리를 교교(皎皎)한 꿈속에 잠겨들게 하기도 하고, 캄캄한 자궁 속에서도 청정한 눈매를 간직했던 태아 시절의 안온한 행복감으로 이끌어 들기도 한다.

나는 밤이 주는 이상한 평정감(平靜感)이 고통스럽고, 밤이 가져다주는 이상한 공동상태(空洞狀態)가 고통스럽다.

밤은 사막과도 같다. 밤은 사막의 신기루와도 같다. 밤은 신기루 속에서의 정사(情事)와도 같다.

요절 안 하면 변절하는 나라

한국은 젊어서 요절 안 하면 변절하게 되기 쉬운 나라다. 특히 문학인들이 그렇다. 대표적 인물이 소설가 이광수와 시인 서정주다.

윤동주는 다행히(?) 요절했기에 변절할 기회를 박탈당했다. 혹 누가 아는가? 그가 늦게까지 오래 살아 늙어가지고, 정치와 결탁하거나 문단 권력에 탐을 내게 되었을지. 그런 면에서만 본다면 윤동주는 행복한 시인이다.

그러나 그는 요절하기 전까지 너무나 불행한 삶을 살았다. 아니, 재미없는 삶을 살았다. 같은 나이에 요절한 시인 이상(李箱)이 잦은 여성편력과 술, 담배를 즐긴데 비해, 윤동주의 청춘시절은 너무나 무미건조했다.

술, 담배도 모르고 단 한 번의 연애조차 해보지 못한, 그야말로 지독한 예수쟁이였다. 가정환경이 그를 그렇게 만들었기 때문이다.

그래서 나는 그가 지금 '총각귀신'이 되어 있을 것 같다. 그래서 구천(九天)을 맴돌며 떠돌고 있을 것 같다.

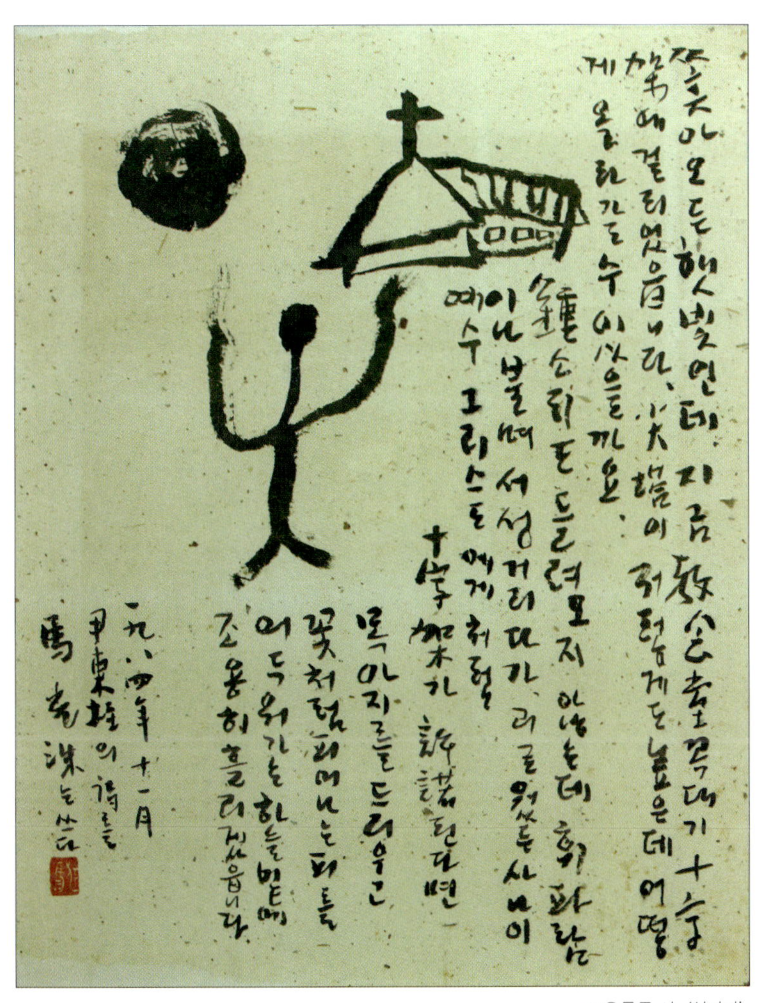

쫓아오던 햇빛인데
지금 敎會堂 꼭대기
十字架에 걸리었습니다.
尖塔이 저렇게도 높은데
어떻게 올라갈 수 있을까요.
鐘소리도 들려오지 않는데
휘파람이나 불며 서성거리다가,
괴로왔던 사나이
幸福한 예수·그리스도에게
처럼
十字架가 許諾된다면
모가지를 드리우고
꽃처럼 피어나는 피를
어두워가는 하늘 밑에
조용히 흘리겠습니다.
一九八四年 十一月
甲東柱의 詩를
馬喬謀 쓰다

■ 윤동주 시 '십자가'

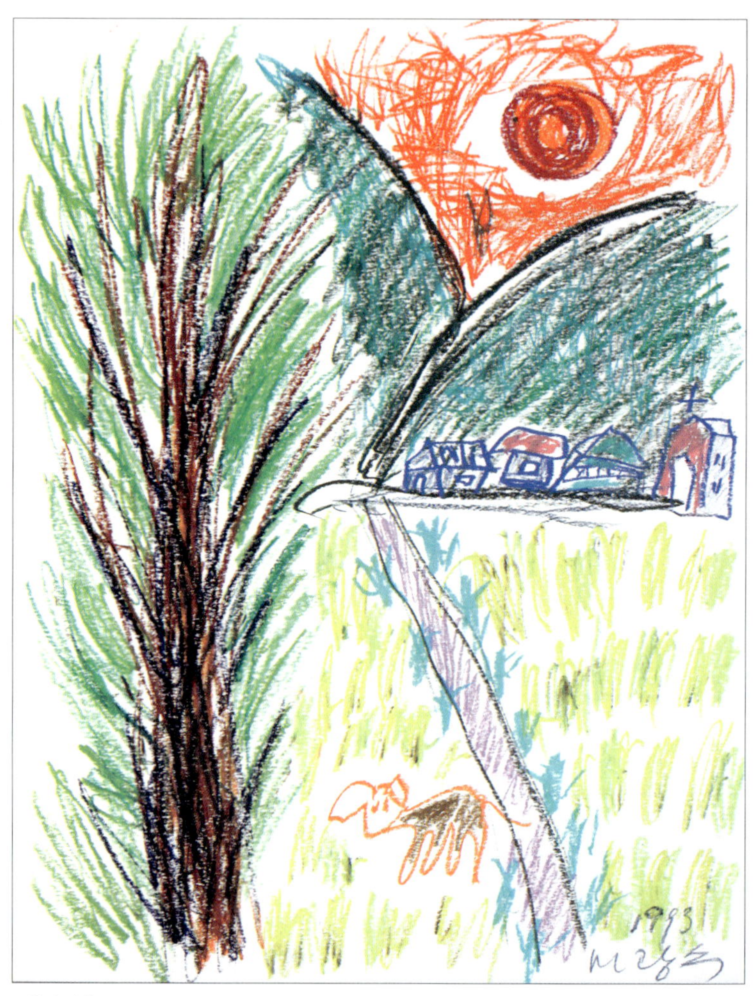

■ 우리 마을

나의 어린 시절

　나의 어린 시절을 생각할 때 가장 먼저 떠오르는 것은 강원도 두메산골의 수려한 경치와 맑은 공기이다.

　나는 한국전쟁이 발발한지 1년 뒤인 1951년 1·4 후퇴 때, 서울을 피해 가다가 우연히 정착한 경기도의 어느 시골에서 태어났다. 그 뒤로 나는 아버지가 전쟁 전에 취미로 했던 '사진'을 생존의 수단으로 삼게 되어 군속 사진사가 되는 바람에, 군부대를 따라 이리저리 이동하며 지낼 수밖에 없었다.

　처음엔 경기도 일동, 이동 근처에서 지내다가 그 뒤로는 주로 강원도의 최전선 부근을 맴돌았다. 강원도의 화천, 인제, 양구 등지에서 지냈던 일들이 지금까지도 간헐적으로 떠오른다.

　내 기억 속에 가장 아름다운 풍경으로 남아있는 것은 인제의 경치다. 인제는 내실익이 사나운 곳인네나 최전방에 속했기 때문에 인적이 드물었다. 집 앞은 잡초가 무성한 들판이었고, 멀리 높고 험준한 산맥이 바라보였다. 밤이면 산에서는 산짐승들이 울부짖는 소리가 들려오고, 강에서 물 흐르는 소리만 들려왔다.

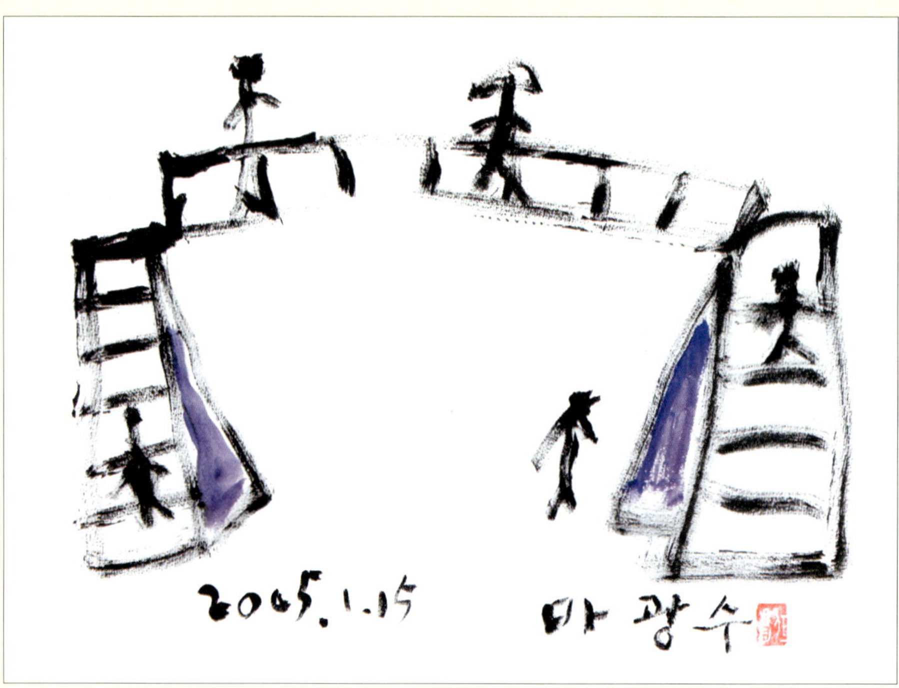

■ 육교

육교 위의 걸인

예전에 육교 위에서는 반드시 걸인(乞人)이 웅크리고 엎드려 구걸을 하곤 했다.

어느 날 나는 육교 위를 오르며, 설해(雪害) 방지용으로 쌓아놓은 모래주머니들을 웅크린 걸인으로 착각했다.

그러고는 슬쩍 눈길을 돌려 비애(悲哀)의 표정을 하다가, 동전 몇 닢을 준비하여 모래주머니 앞에 놓아주었다.

그러면서 내가 걸인 같은 처지가 아닌 데 대하여 은근히 하느님에게 감사를 드렸다.

그러다가 퍼뜩 정신이 들어 자세히 걸인을 들여다보니 그것은 걸인이 아니라 모래주머니였다.

나는 움찔 놀라면서, 은근히 섭섭한 생각이 들었다.

그러면서 동전 몇 닢으로 나 같은 소시민들의 값싼 마음 속 천당을 마련해주기 위해, 걸인들이 반드시 존재해야 하는 것일까, 하는 생각이 들었다.

그러면서 나는 슬퍼졌다.

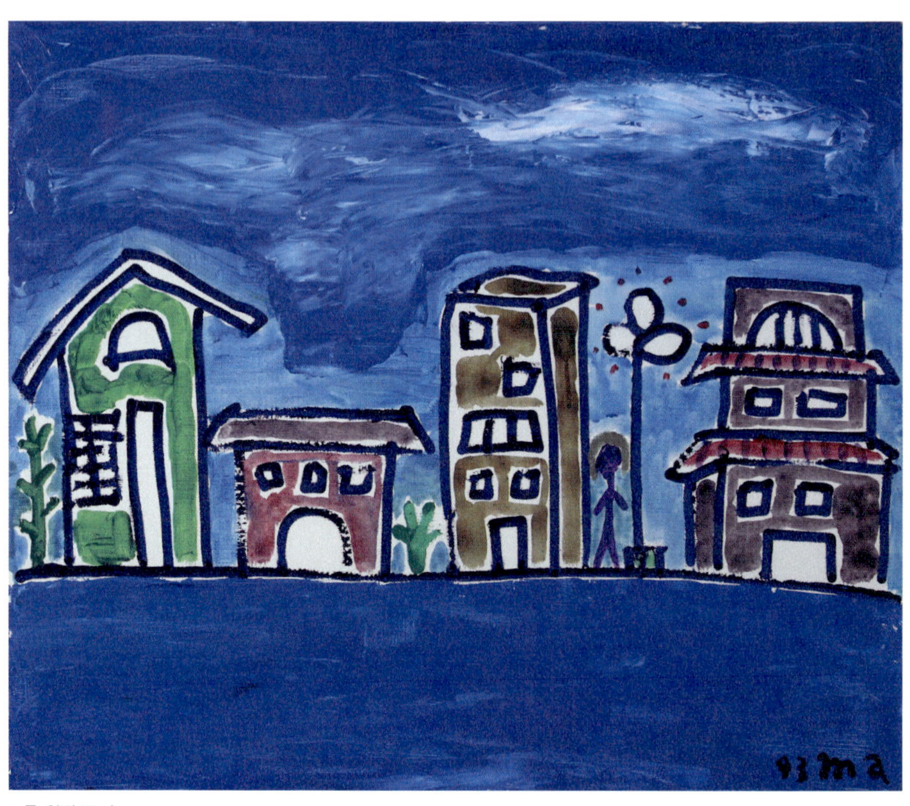

■ 물 위의 도시

자랑스러운 한강

서울을 가로지르는 한강은 정말로 경이로운 강(江)이다. 나라 땅덩어리의 크기에 비해 너비가 너무도 큰 강이 유유히 흘러가고 있기 때문이다.

그 유명한 파리의 세느강도 한강에 비하면 작은 개울에 불과하고, 오스트리아의 도나우강 역시 마찬가지다. 일본의 수도 도쿄에도 작은 강이 하나 있긴 있는데, 너비도 좁을뿐더러 물색깔이 아주 탁한 검은 빛이다.

한강 상류로 거슬러 올라가면 또 어떤가. 북한강과 남한강이 만나는 양수리는 얼핏 보기에 드넓은 바다를 연상시킬 만큼 크고 넓다.

나는 광나루, 팔당, 가평, 청평 등지의 한강변으로 자주 놀러 가는데, 오염만 조금 줄인다면 정말 멋지고 낭만적인 강의 풍경이 되살아날 것 같다.

다만 아쉬운 것은 서울 한강변의 그 넓은 모래사장들이 다 없어져 버렸다는 점이다. 그 고왔던 마포강가의 은모래! 가꾸어놓은 강안도 아름답지만 모래사장이 더 아름답다. 둘 다 가질 수는 없는 것일까? 나이를 먹다보니 추억만 남아 나를 회고의 정(情)에 젖게 한다.

날아오르기 위해

가슴이 아픈 자들은
그 고뇌를 위로 받아
하늘로 날아올라
별들이 되었다.

마음이 아름다운 자들은
그 착한 성격을 보상받아
태양을 머금어
바람이 되었다.

사람들은 어느덧 대지(大地) 이상(以上)의 너그러움으로 하여
모두가 날아올라 구름이 되었다.

산내음을 맡은 꽃들은 노래를 하고
꽃비가, 꽃구름이
우리네 짧은 세월들을 묶어
청아한 수채화를 그린다.

소리치는 기적(汽笛))은
날아올라 새가 되었고
사람들이 받은 마음의 상처들은
하늘을 뒤덮어 비가 되었다.

광마(狂馬)는 날아오르고 싶다.

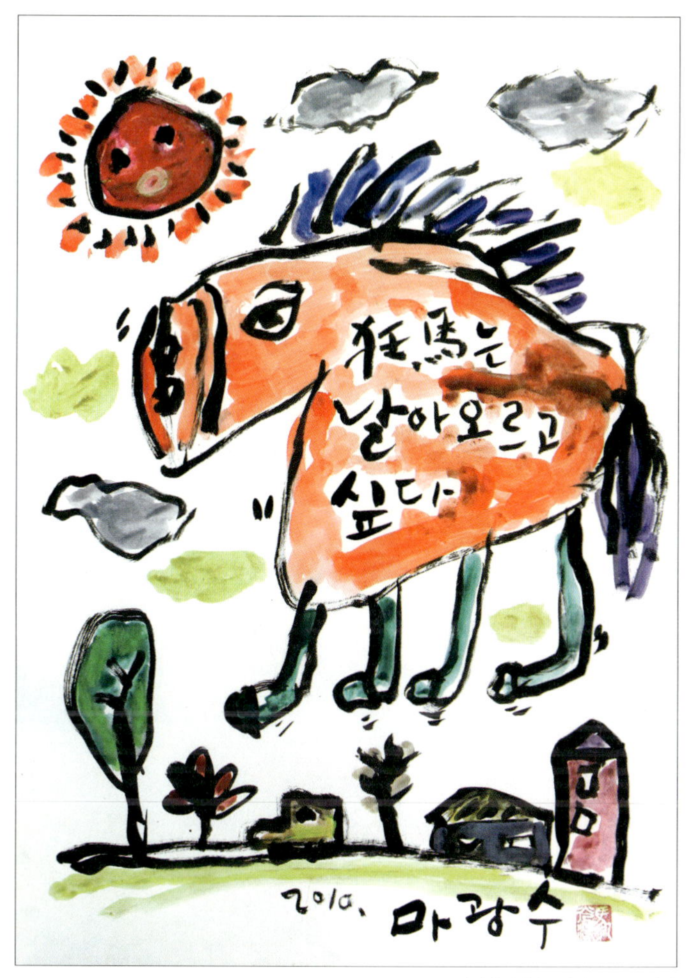

■ 광마(狂馬)는 날아오르고 싶다

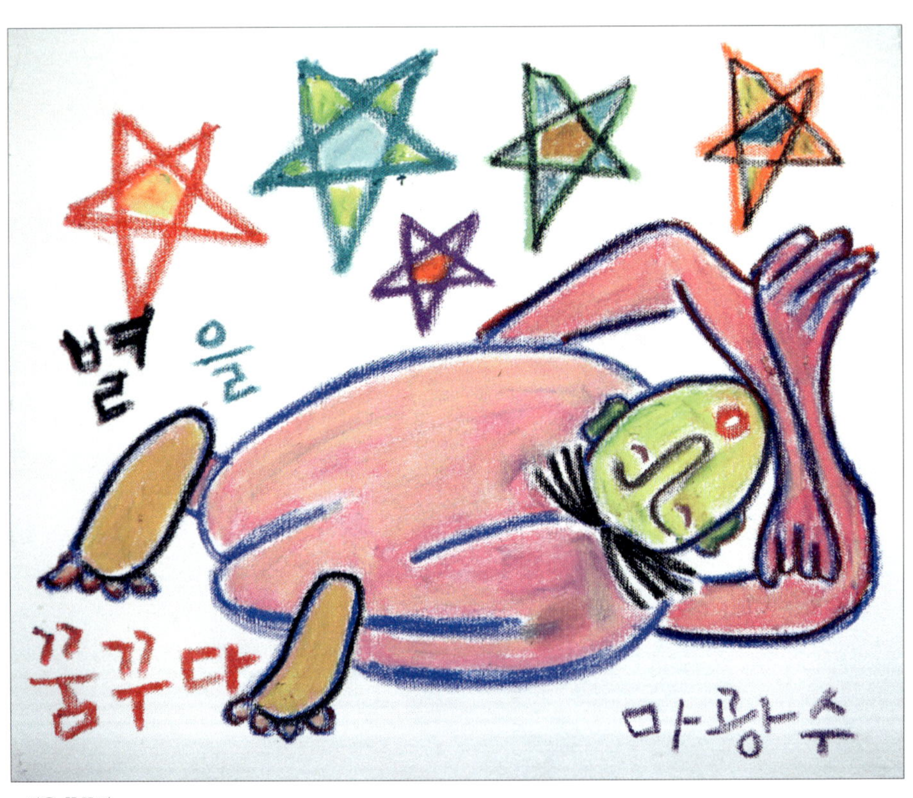

■ 별을 꿈꾸다

나의 태몽(胎夢)

어머니는 나를 임신했을 때 태몽(胎夢)으로 별 꿈을 꾸셨다. 맑은 밤하늘에 다른 별들은 하나도 없고, 오직 북극성만 외로이 빛나고 있었다고 한다. 많은 사람들이 태몽을 꾸지만 태몽치고는 희소한 태몽이 아니었나 싶다.

나의 태몽은 내가 평생을 문장가(文章家)로 살아나가게 된다는 것을 예지해 준 듯도 하다. 당나라 때의 시인 이백(李白)이 모친의 태중(胎中)에 있을 때, 이백의 모친은 태몽으로 샛별, 즉 태백성(太白星)을 꾸고서 이백을 낳았다고 한다. 그래서 이백(李白)의 아호가 '태백(太白)'이 된 것이다.

어두운 밤하늘을 밝혀주는 북극성은 찬란한 빛을 갖고 있지만, 홀로 떠 있어 무척이나 외로울 것이다. 나는 태몽에서부터 벌써 처복(妻福)이 없는 것을 암시받았다고 볼 수 있다.

처복뿐만 아니라 '여복(女福)' 자체가 없는 내가, 한평생 '야한 여자' 타령을 하고 있다는 것은 퍽이나 아이러니한 일이다.

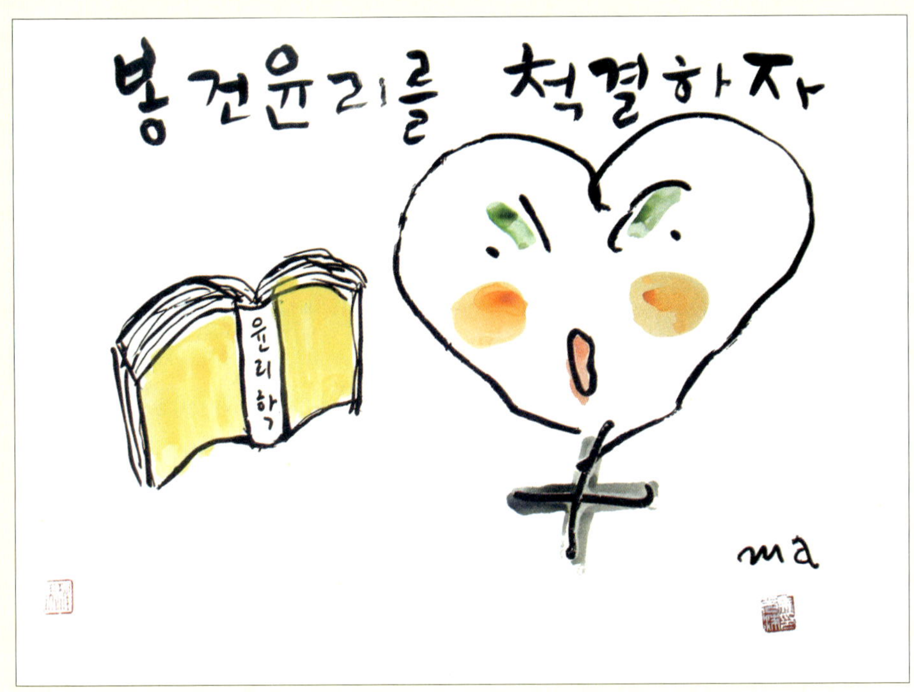

■ 봉건윤리를 척결하자

나는 자랑스러운 쌍놈의 후예

　내가 지금까지 여러 장르의 글을 써오면서 최고의 적(敵)으로 삼았던 것은 그 우라질 놈의 '봉건윤리'였다. 21세기를 맞이한 지금에 있어서도 한국에는 여전히 봉건윤리의 잔재가 남아 있다.

　백범 김구(金九) 선생이 쓴 글 중에 <나의 소원>이라는 명문(名文)이 있는데, 김구 선생 역시 조선조 유교독재 윤리에 이를 갈고 있다. 조선이 망한 것은 유교독재로 인해 생겨난 봉건윤리 때문이라는 것이다.

　이승만 박사가 초대 대통령이 된 후에도, 우리나라에선 본격적인 봉건윤리의 척결이 이루어지지 않았다. 이승만 박사 자신이 이씨 왕가(王家)의 후손이라는 사실을 내세우며 은근히 '왕도정치(王道政治)'를 했기 때문이다.

　나는 다행히도 마(馬) 씨 쌍놈의 후손이라 봉건윤리(다시 말해서 양반윤리)가 몸에 배일 겨를이 없었다. 족보라는 것조차 본 일이 없으니까 말이다.

　말로만 '민주'를 떠들어 댈 게 아니라 봉건윤리부터 시급히 척결해야 한다.

철학은 말짱 꽝

대학 다닐 때 나는 지적(知的) 호기심에 사로잡혀 국문학과 전공 필수과목을 빼고는 몽땅 철학과 강의를 들었다. 기억나는 강좌 이름을 꼽아 보면 〈이성론〉, 〈형이상학〉, 〈한국 철학사〉, 〈역사 철학〉, 〈예술 철학〉, 〈노장(老莊) 철학〉, 〈칸트 철학〉 같은 것들이다.

그 중에 〈이성론〉은 데카르트가 쓴 짧은 논문인 〈방법서설(方法序說)〉을 텍스트로 하여 강독해 나가는 수업이라 들을 만 했는데, 내가 제일 어렵고 난해하게 들었던 강의는 〈칸트 철학〉이었다. 칸트가 쓴 아주 두꺼운 책—엄청나게 유명한 − 〈순수이성 비판〉을 가지고 교수가 강독해 나갔는데, 도무지 알아들을 재주가 없었다. 도대체 칸트가 왜 '위대한 철학자'로 불리는지 이해가 가지 않을 정도로 내용이 오리무중이었던 것이다.

또 〈노장 철학〉은 그런대로 재미있었지만 〈한국 철학사〉는 퇴계와 율곡의 이기론(理氣論)을 가르치는 것이라 그야말로 '공리공론'이었다.

그 뒤로 나는 모든 철학은 우리가 삶을 살아가는데 전혀 도움이 안 된다는 결론을 내리게 되었다.

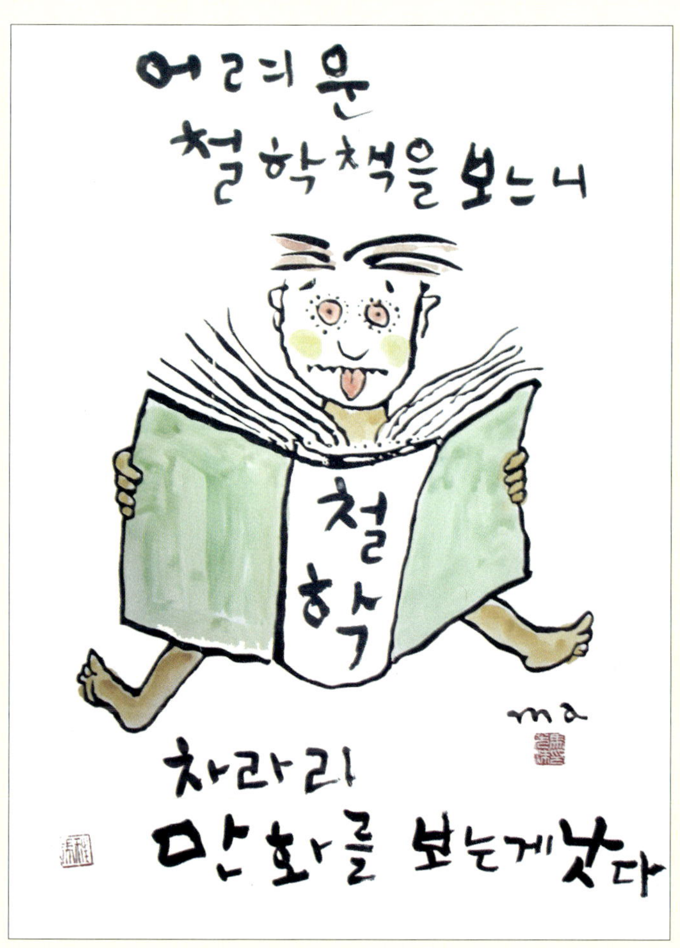

■ 만화가 최고

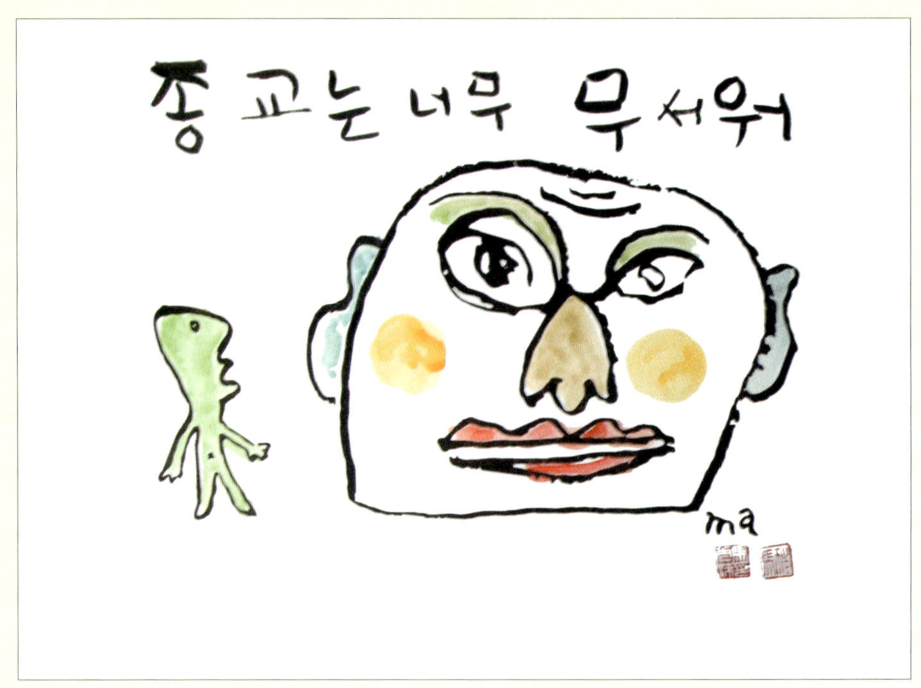

■ 종교는 무서워

종교는 독(毒)

아무리 생각해봐도 종교는 마약이고, 허무맹랑한 것이고, 현실도피다. 역사를 통틀어 봐도 종교로 하여 이득을 본 때보다, 종교가 해악(害惡)을 미쳤을 때가 더 많다. 두 말할 것도 없이 마녀 사냥, 이단 재판이 성행했던 서양 중세기의 암흑시대를 상기해 보면 된다.

또 종교전쟁은 얼마나 많았던가. 중세 유럽의 각종 종교전쟁들은 유럽 인구를 3분의 1로 감소시켰다.

그런데도 아직까지 종교가 무서운 위세를 떨치고 있는 것을 보면, 사람들이 얼마나 무지(無知)한가를 깨닫게 된다.

종교와 비슷한 게 바로 '이데올로기'다. 북한은 공산주의 이데올로기를 표방하고 있지만, 사실상 김일성교(敎)로 다져진 종교독재 국가다. 그렇게 봐야만 지금까지 북한에서 대규모의 학생 시위나 민란(民亂)이 발생하지 않은 것을 설명할 수 있다.

종교는 무서운 독(毒)이고 무서운 마약이다. 한국에서도 이젠 '반(反)종교 운동'이 벌어져야 한다.

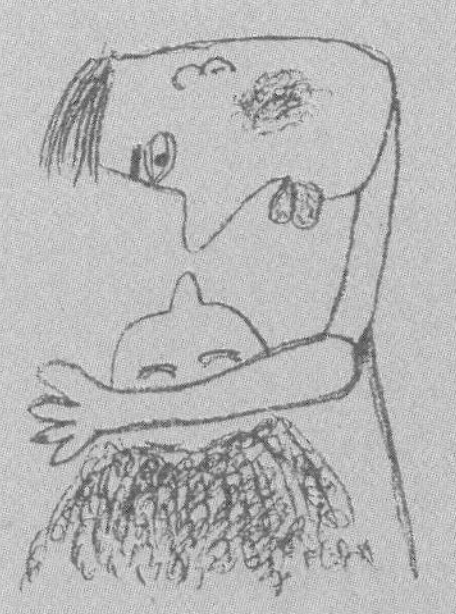

7.
사랑밖에
난
몰라

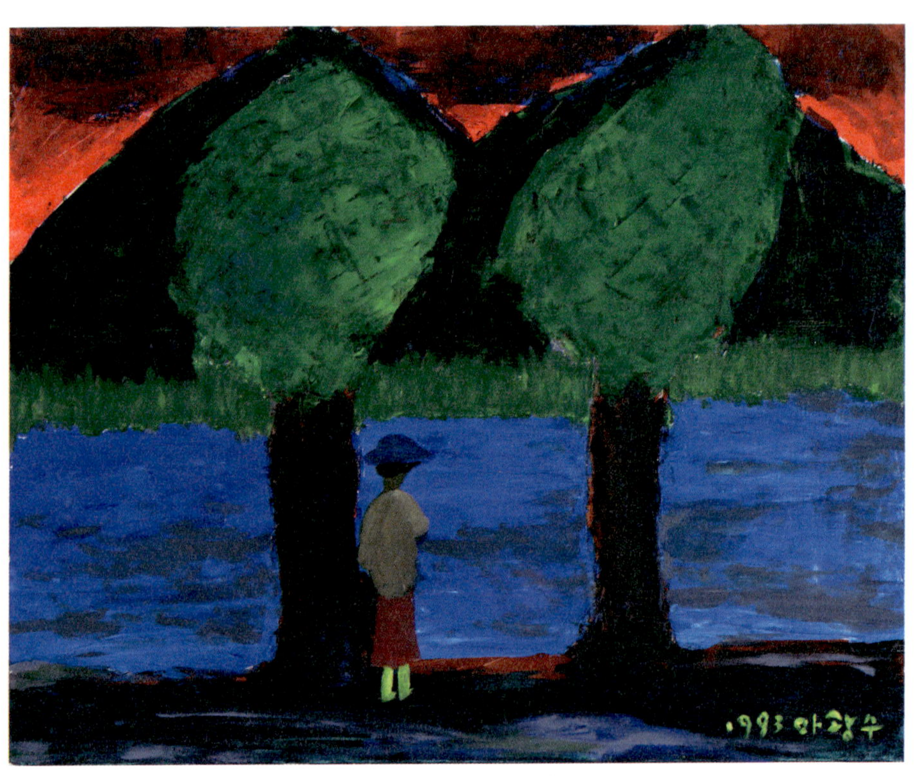

■ 나무와 여인

님 가신 후

강가에 혼자 서 있는 나

말없이 흐르는 강물

서녘에 노을은 지고

점점 어두워가는 강 건너 숲

내 곁엔 외로운 미루나무 두 그루

저 혼자 깊어가는 강물

어느새 내 눈에 흐르는 눈물

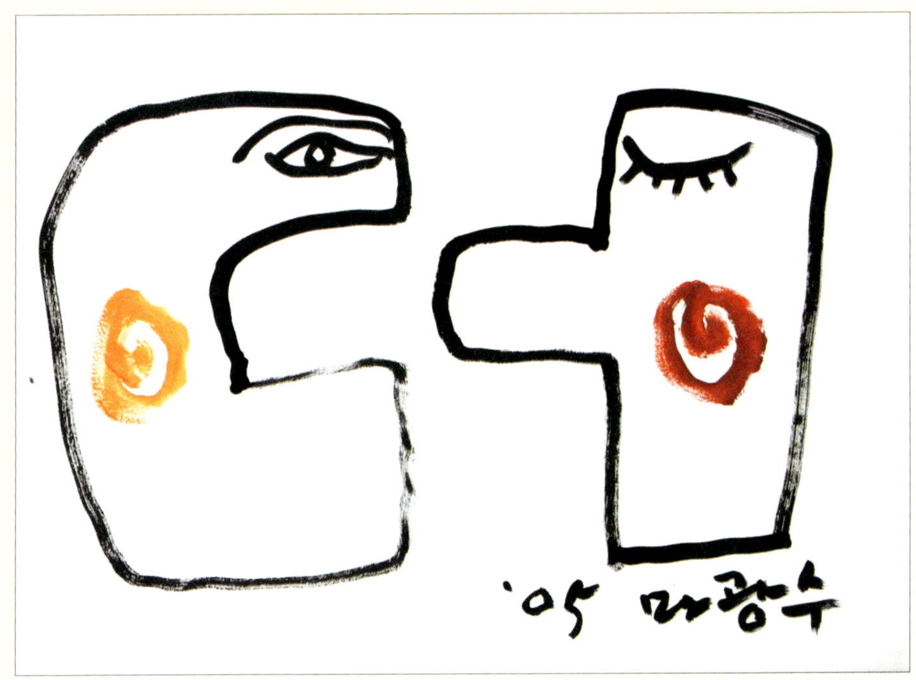

■ 더 키스를!

요(凹)와 철(凸)

　한자 '들어갈 요(凹) 자(字)'와 '볼록할 철(凸) 자(字)'는 그 자형(字形)부터가 섹스의 냄새를 풍긴다. 어쩌면 그리도 남자의 성기 모양과 여자의 성기 모양을 꼭 닮았을까.

　요(凹) 자를 모로 세우면 한글의 '디귿(ㄷ) 자'처럼 되고, 철(凸) 자를 모로 세우면 한글의 '어(ㅓ) 자'처럼 된다. 또 'ㄷ'과 'ㅓ'를 합치면 '더' 자가 되어 "더 섹스를!"하고 외치는 것만 같다.

　요(凹)와 철(凸)은 또한 동양의 음양사상(陰陽思想) 냄새를 짙게 풍긴다. '음양'이란 말 자체가 '음'을 '양' 앞에 내세우고 있다. 다시 말해서 여자가 남자를 앞서고 있는 것이다. 요(凹) 자를 보라. 철(凸) 자를 강한 흡인력(吸引力)으로 빨아들일 것 같지 않은가.

　중국에서는 예부터 '현빈(玄牝)의 도(道)'를 중요시했다. '현빈'이란 곧 여성 성기를 가리키는 말이다. 세상을 겉으로 지배하는 것은 남성이지만, 그 남성을 지배하는 것은 여성이라는 뜻을 내포하고 있다.

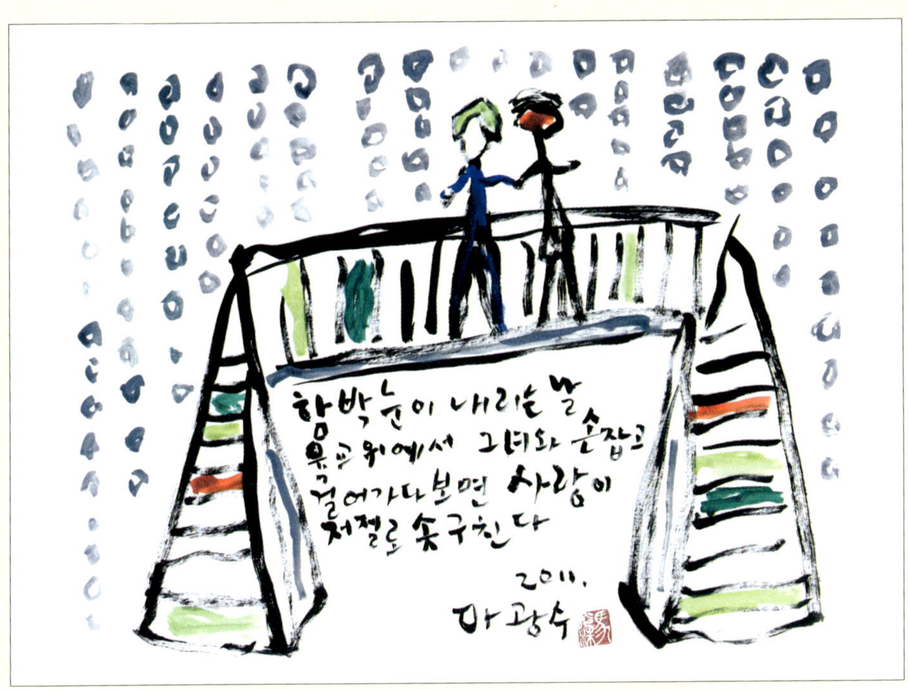

■ 아! 눈이 내린다.

사랑은 눈 오는 밤에

　사랑하기에는 여름보다 겨울이 좋다. 여름엔 날씨가 덥기 때문에 설사 둘이서 진한 애무를 나누더라도, 땀이 끈적끈적 배어나와 불쾌한 생각이 든다.

　그렇지만 겨울철엔 춥기 때문에 자연스레 두 몸뚱어리를 합치게 되고, 그러면서 나누게 되는 따스한 체온에 에로틱하게 감동하게 된다. 거기다가 눈까지 내린다면 금상첨화다.

　나는 대학교 다닐 때 애인 여자랑 함께 여행을 떠난 일이 많다. 그 중에서도 가장 안 잊혀지는 것은 어느 해 겨울엔가 무주 구천동으로 놀러갔을 때의 일이다.

　전주에서 구천동으로 가는 버스를 타고 떠났는데, 가는 도중 엄청나게 많은 눈이 내려 버스가 더 갈 수가 없었다. 그래서 그녀와 나는 도중에 내려 어느 이름 모를 한촌(寒村) 싸구려 여관에서 며칠을 지내게 되었다.

　눈이 계속 와서 밖으로 나갈 수가 없으니 매일 붙어 있을 수밖에. 낮이나 밤이나 이불 속에서 섹시한 레슬링을 즐겼던 그때의 일이 잊혀지지 않는다.

그 이름 그 얼굴

누구더라
노래처럼 흥얼거리며
외우던 이름인데

어떻게 생겼더라
거울처럼 매일매일
마주 본 얼굴인데

차마 잊을 수 없었던
기억들이, 추억들이
빗방울처럼 떨어져 내린다.

시간의 무게는 무서워
세월은 살같이 빨라
이제는 생각나지 않네.

누구더라
어떻게 생겼더라
이제는 생각나지 않네.

안타까운 추억들
늙어버린 기억들
지쳐버린 나날들

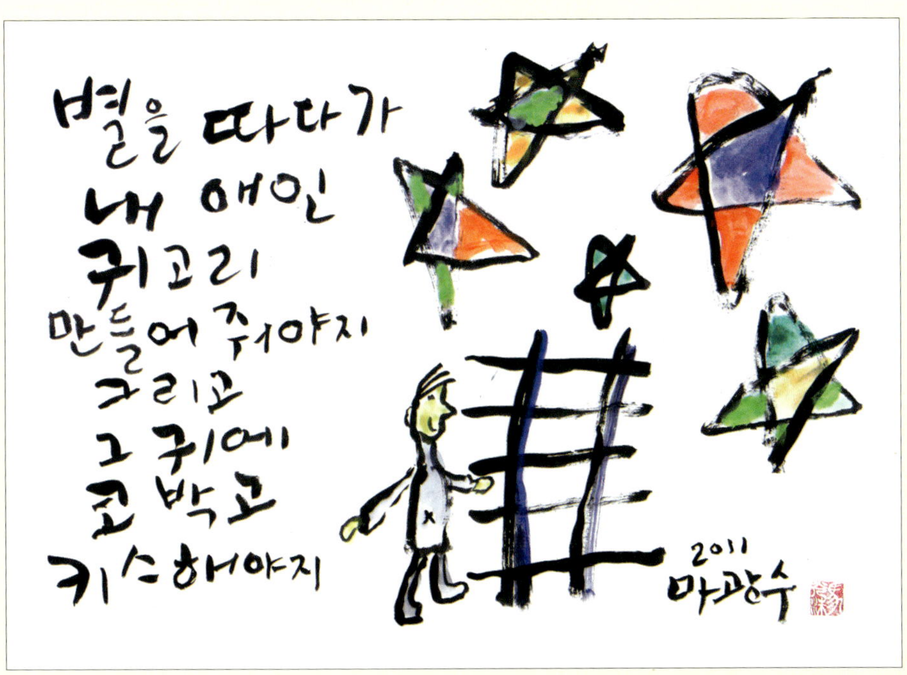

■ 별을 따다가

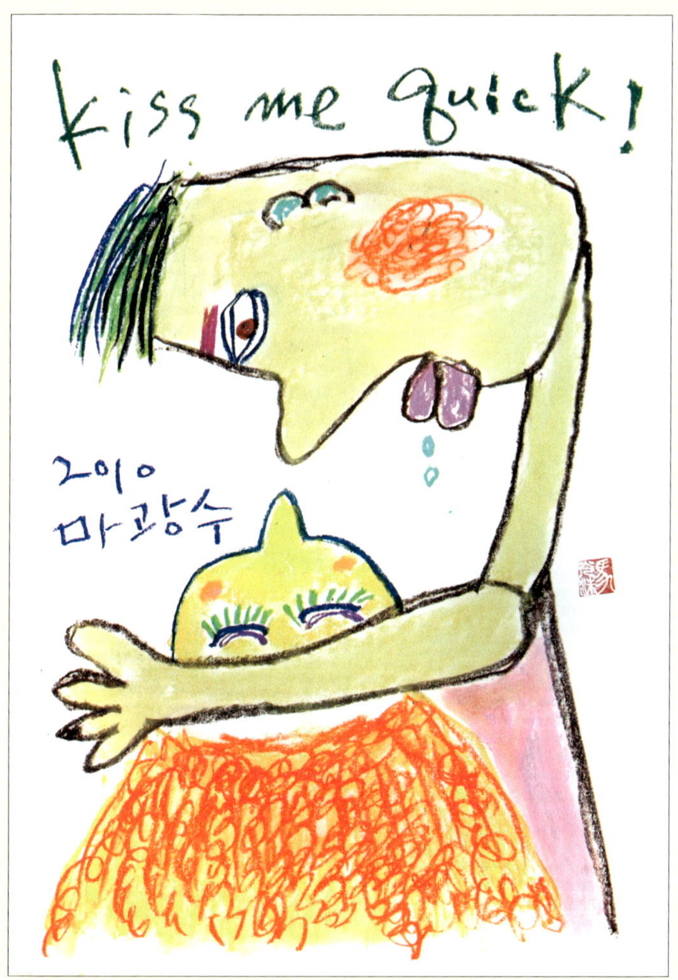

■ Kiss me quick

야한 키스는 솔직한 키스

　내 경험상 여자들은 두 종류로 나뉜다. '부드러운 여자'와 '딱딱한 여자'
가 그것이다.

　어떤 여자가 '부드러운 여자'인지 '딱딱한 여자'인지를 구별해 보려면,
우선 키스를 해봐야 한다.

　설사 서로의 마음이 맞아 떨어져 상호 합의하에 키스를 한다 하더라도,
부드럽지 못한 여자들은 입술이나 혓바닥을 유연하게 놀리지 못하는 것이
다. 딱딱한 여자들은 남자의 혓바닥이 자기 입안으로 들어오면, 마치 더러
운 물건이 쳐들어오기라도 한 듯 지레 겁을 먹고 입술을 움츠리는 게 보통
이다.

　순결이데올로기에 집착하는 촌스러운 한국 남자들이 속아 넘어가기 쉬
운 게 바로 이런 경우다.

　그런 남자들은 어떤 여자가 '혓바닥 놀리기'를 거북해 하면, 그것이 섹스
경험과는 무관하게 형성된 그 여자의 속성이나 체질인 줄 모르고, 다만 그
녀가 '수줍어서' 그런 행동을 하는 것이라고 여기며 흐뭇해한다. 그러면서
진짜 순진한 숫처녀를 만났다고 생각하며 바보같이 기뻐하는 것이다.

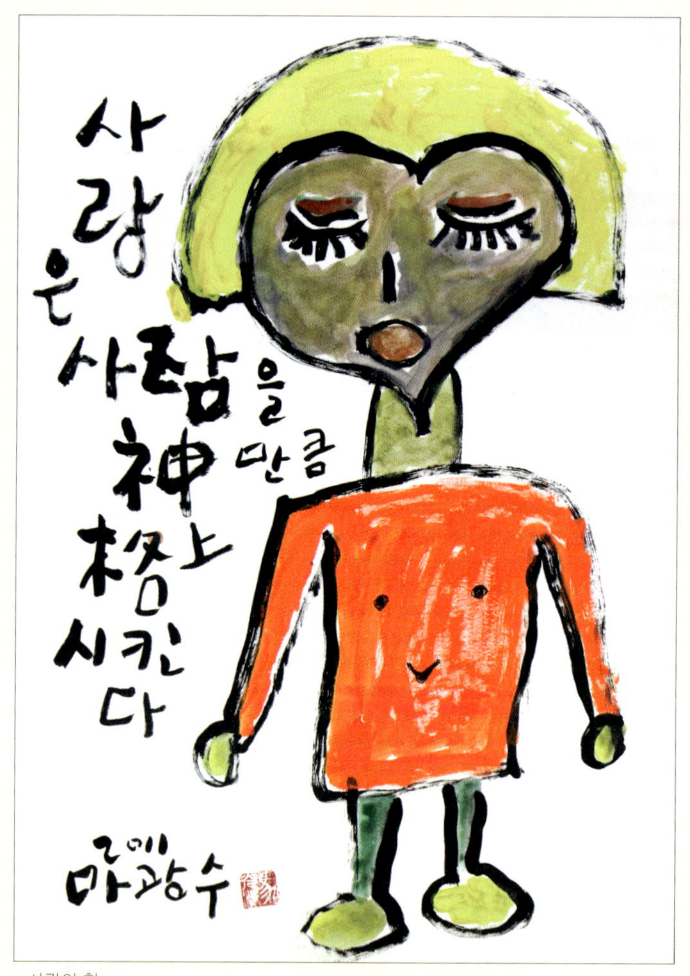

■ 사랑의 힘

Love is Touch

신(神)이 우리에게 선물해준 '사랑'이란 어떤 것인가? 그것은 아가페적 사랑이 아니라 에로스적 사랑이다. 오직 '육체적 언어(body language)'만이 사랑을 전달해 준다.

비틀즈가 부른 노래 가운데 <Love>라는 것이 있는데, 그 가사 가운데 "Love is touch, Love is feeling"이라는 대목이 있다. 나는 사랑을 이만큼 정확하게 정의한 말도 없다고 생각한다.

정말 그렇다. 따뜻한 접촉감, 포근한 안식감(安息感) 같은 것들이 사랑의 본질이다.

'touch'는 또 '감동시키다'라는 뜻도 아울러 가지고 있다. 그러니까 "어루만져 주어야만 감동 한다"는 의미가 'touch'란 단어 가운데 내포되어 있는 셈이다.

사랑의 행위에서 관념을 배제시킬 수 있을 때, 그때 우리는 진정한 사랑의 즐거움을 만끽할 수 있다.

내 곁에 있어줘요

그대 나와 함께 있어요.
말로만은 난 정말 싫어요.
그대 곁으로 다가가
귀 밑을 간질이며
혀로 핥아볼까요
나의 새빨간 입술을 곁들여

그대 나와 함께 있어요.
고상한 대화는 난 정말 싫어요.
그대 거웃 수풀 위에 쓰러져
말없이 쓰다듬고
취해나 볼까요.
살풋한 포도주 향기에

철학, 인생, 종교, 이 세상 모든 일은
새벽에 사라지는 무력한 별빛 같은 것
사랑은 순간으로 와서
영원이 되는 것
그대 나와 함께 있어줘요
그리고 날 쓰다듬고 보듬어줘요

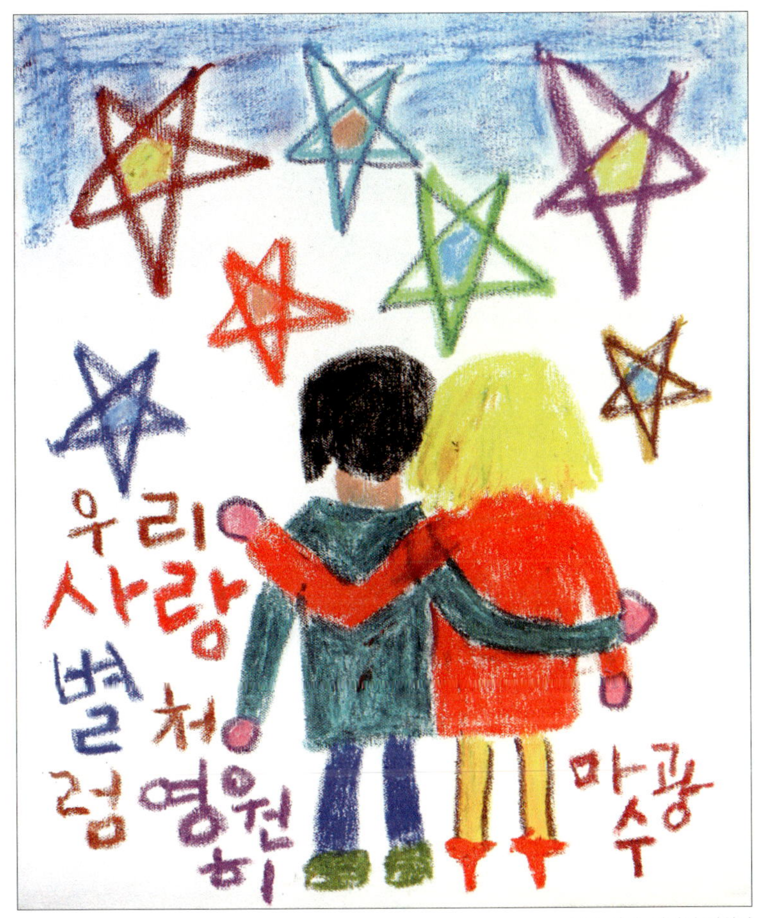

■ 우리 사랑, 별처럼 영원히

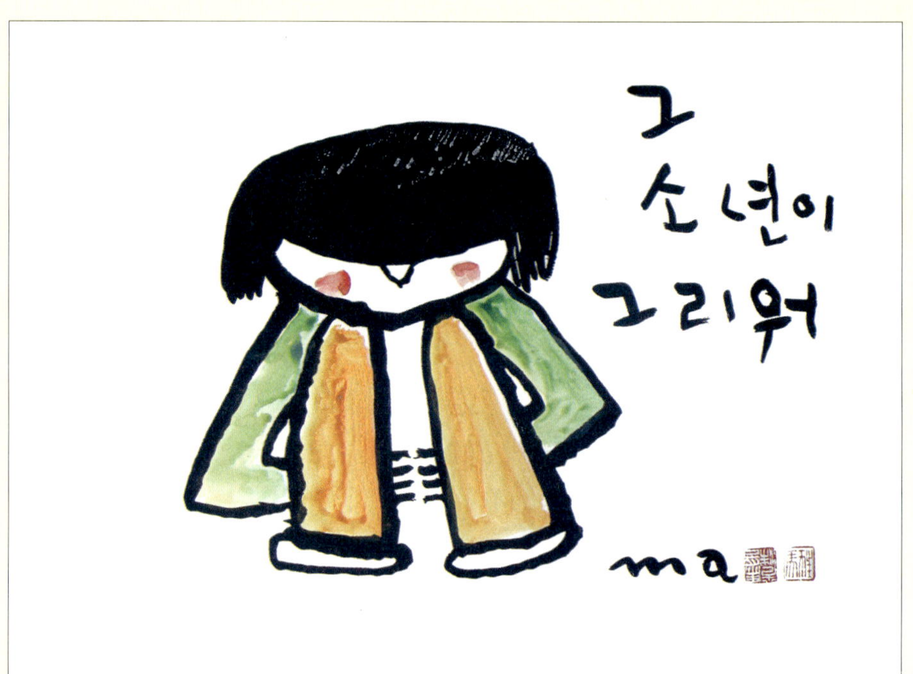

■ 소년이 그리워

생각하는 소녀

생각하는 소녀……
무엇을 생각하고 있는 것일까
연인의 얼굴?
연인의 입술?

아니 아니
연인과의 포옹, 키스

생각하는 소녀 ……
무엇을 생각하고 있는 것일까
연인의 눈동자?
연인의 가슴?

아니 아니
연인과의 밀어, 애무

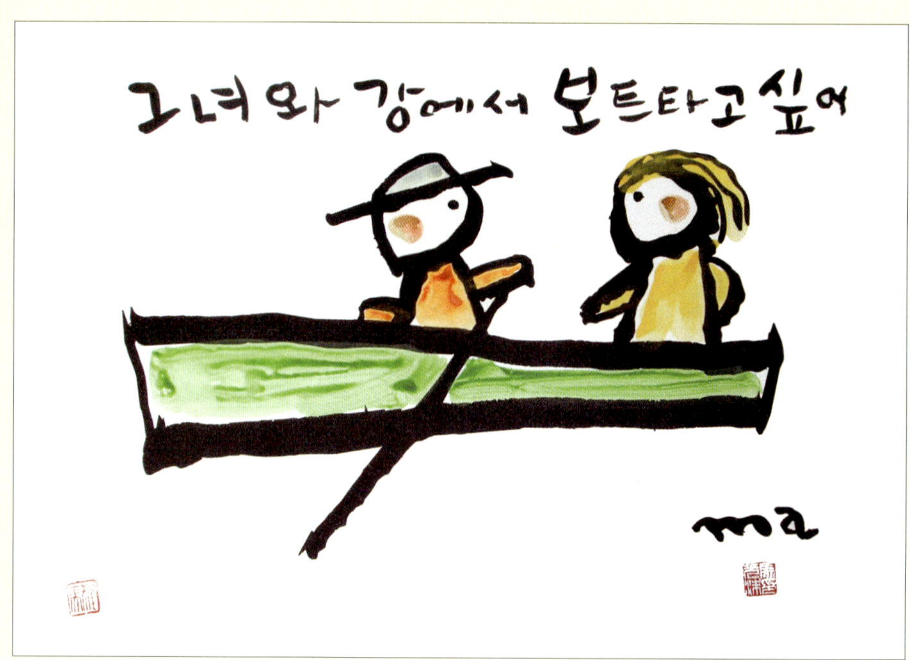

■ 그녀와 함께 보트를

애인과 함께 보트를 타는 맛!

나는 수영을 못하는지라, '보트 타기'를 두려워했다. 그래서 애인과 같이 물가로 놀러가더라도 보트 타기만은 피하는 편이었다.

그러다가 내가 처음으로 보트를 타게 된 것은, 예전에 창경원에서 밤 벚꽃놀이를 할 때 궁(宮) 안에 있는 연못에서 보트를 타본 일이다. 물이 잔잔해서 아주 재미가 있었고, 그야말로 '둘이서 목숨 걸고' 하는 연애놀이라서 묘한 스릴을 느낄 수 있었다.

창경원(요즘은 창경궁)에서 '밤 벚꽃놀이'가 없어지자, 그 다음엔 청량리에서 경춘선 기차를 타고 대성리 유원지에서 내려 보트를 탔다. 조금이라도 풍랑이 있을 때는 정말 공포를 느낄 만큼 스릴과 서스펜스를 맛볼 수 있었다.

내가 대성리에 가서 제일 달콤하고 멋지게 보트를 타본 것은 보름달이 휘영청 떠있던 어느 날 밤의 일이다. 노래 제목처럼 그야말로 〈Moon River〉여서, 애틋하고 낭만적인 기분을 만끽할 수 있었다.

사랑밖에 난 몰라

너의 음란한 눈빛은 순수하다
나의 음란한 눈빛도 순수하다

너의 음탕한 펠라티오는 순수하다
나의 음탕한 쿤닐링구스도 순수하다

우리의 깊고 퍼들거리는 입맞춤
그 입맞춤 속에서 느껴지는 진공(眞空)

우리의 안쓰럽고 동물적인 삽입
그 삽입 속에서 느껴지는 무아(無我)

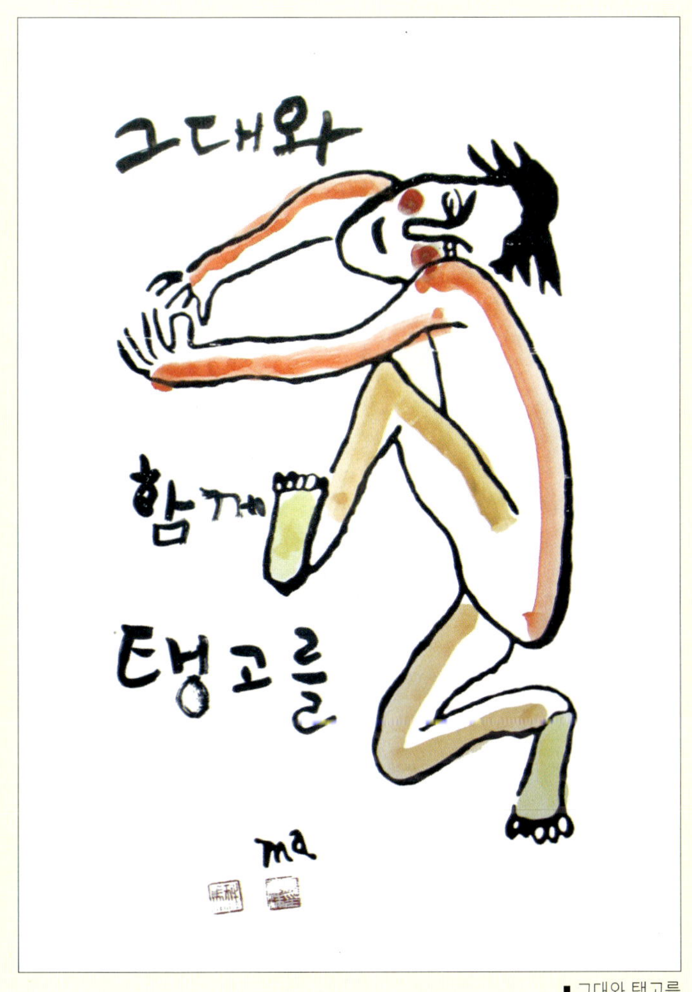

■ 그대와 탱고를

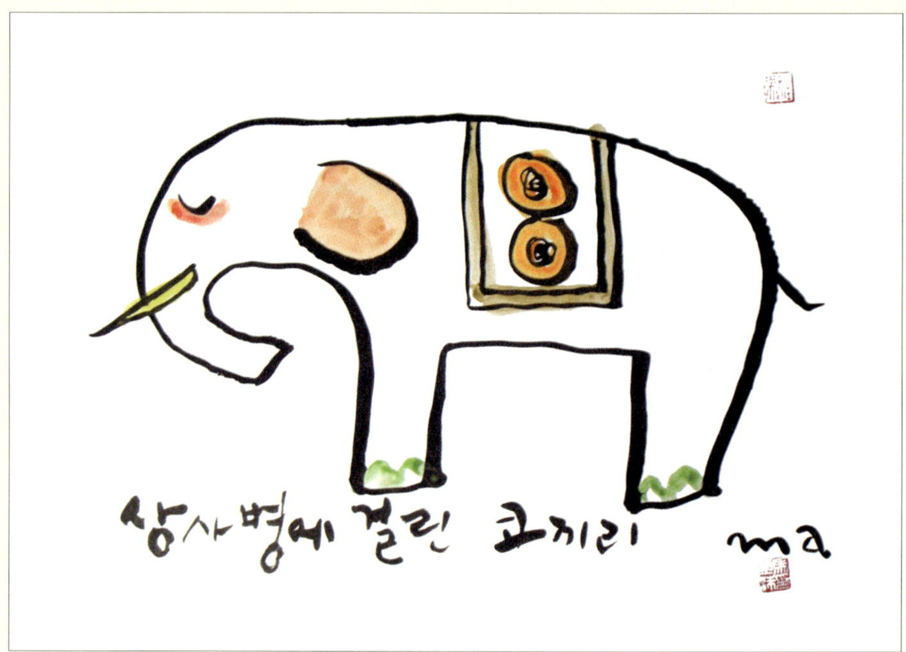

■ 상사병에 걸린 코끼리

상사병은 무서워

상사병(相思病)이란 짝사랑에 지쳐 온몸이 피폐해지는 것을 말한다. 심하면 죽음에까지 이르는 무서운 병이다.

명기(名妓) 황진이가 기생이 되기로 결심한 것은, 어느 동네 총각이 자기에 대한 상사병에 걸려 죽음에 이른 다음부터였다. 그래서 세상 모든 남성들한테 자신의 육체를 보시(布施)하기로 결심하게 된 것이다.

나는 짝사랑은 많이 해봤지만 상사병에까지 이른 경우는 없었다. 그런데 대학 2학년 때, 나는 내 친구가 상사병을 앓아 결국 대학을 1년 낙제하게 되는 것을 보았다.

그 친구는 같은 동아리에 있는 어느 여학생을 사랑하여 구애(求愛)해 보았는데, 여자가 사랑을 승낙하지 않았다. 그래서 하루 종일 우울한 상태가 계속되고 잠잘 때 헛소리까지 하게 되는 지경이 되어, 결국 학교엘 못 나갔던 것이다. 친구들의 위로도 아무 소용이 없었다.

상사병을 앓아도 좋으니, 나는 내가 푹 빠져들 만큼 야한 여자를 죽기 전에 꼭 한 번 만나보고 싶다.

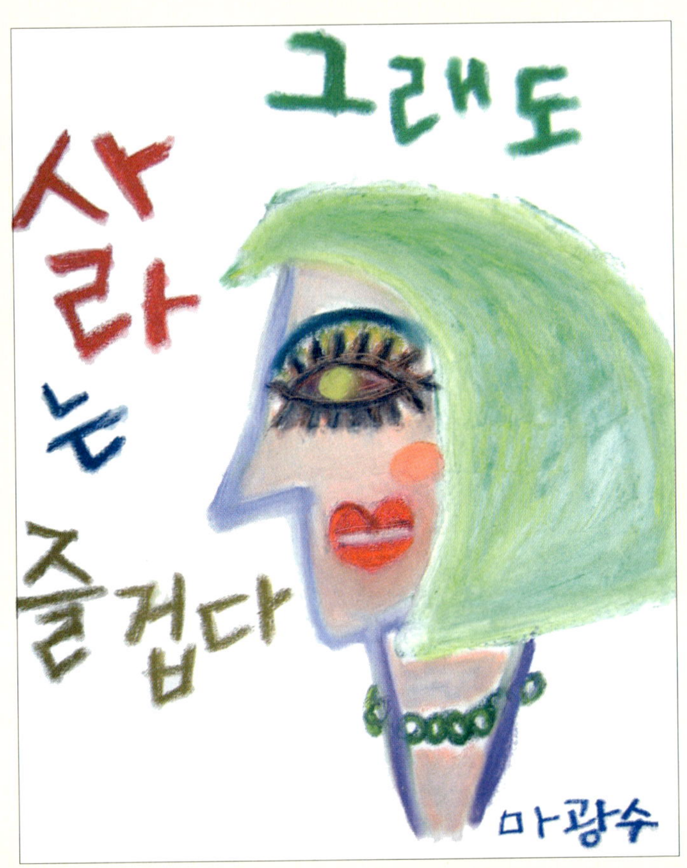

■ 그래도 사라는 즐겁다

'사라'에게 '사랑'을!

나는 최근(2011년 4월)에 <돌아온 사라>라는 장편소설을 써서 출간했다. 그 책 속에서 '사라'는 여전히 '즐거운 사라'로 나온다. 내 소설 <즐거운 사라>가 유죄 판결을 받고 검찰청 창고 속에 유폐된 지 20년 만에 다시 부활한 것이다. '즐거운 사라'가 '슬픈 사라'로 되었다가 다시 '즐거운 사라'로 되돌아온 것이다.

소설 <돌아온 사라>를 출판하는 데는 많은 어려움을 겪었다. 수없이 많은 출판사들이 출판을 거부했다. 20년이 지났어도 한국 사회의 '성적(性的) 이중성'은 여전했기 때문이다.

'사라'라는 이름을 분석해 보면 '사랑'이란 말에서 'ㅇ[이응] 자(字)'가 빠져 있다. 그래서 나는 사랑을 잃은 사라에게 다시 '사랑'을 선물해주고 싶어졌던 것이다. '슬픈 사랑'을 '즐거운 사랑'으로 바꿔주고 싶어졌던 것이다.

이제 '사라'는 소설 속에서만 존재하는 여성이 아니다. 이 시대의 모든 여성들이 다 '야한 사라'로 변해가고 있다.

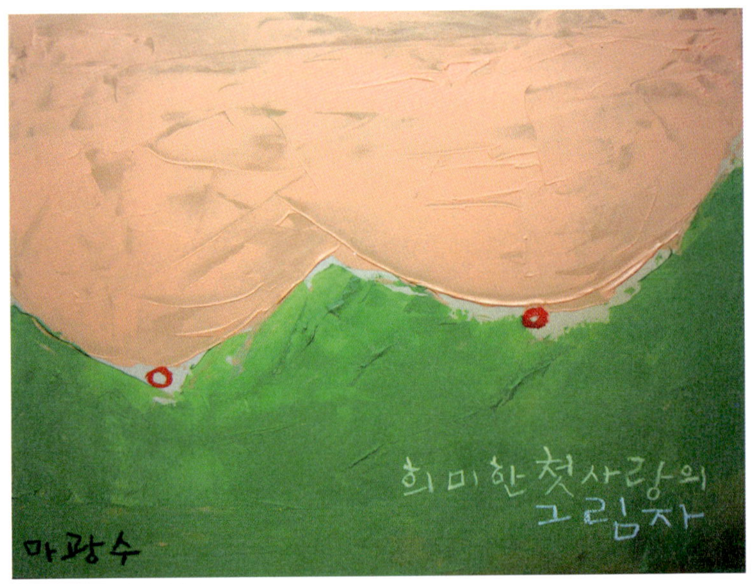

■ 희미한 첫 사랑의 그림자

미완(未完)의 사랑

'남자는 평생 어린애'라는 속담이 있는데, 그래서 그런지 나의 첫사랑이었던 여인을 생각하면 그녀의 젖가슴부터 생각이 난다. 여기서 '첫사랑'이란 것은 정신적 사랑이 아니라 육체적 사랑이 처음 이루어졌던 대상을 말한다.

여인의 풍성한 젖가슴 사이에 코를 박고서 비릿한 체취를 음미할 때 나는 미쳤었다.

또 젖꼭지를 입에 물고 빨아제낄 때 나는 미쳤었다.

나는 섹스의 진수는 삽입성교보다 '오럴 섹스'에 있다고 생각한다. 오럴 섹스는 우리가 간난아이 때부터 즐겼던 애무행위이기 때문이다. 나는 여자의 젖꼭지를 빨고, 여자는 나의 페니스를 빨아 줄 때 나는 미친다.

'첫사랑'은 평생 우리를 따라다니는 '몹쓸 기억'이다. 설사 결혼을 한다고 하더라도 남편(또는 아내)과 섹스를 하며 첫사랑의 기억을 떠올리게 되는 경우가 많다.

첫사랑이 달콤하게 느껴지는 것은, 그것이 대개 '미완(未完)의 사랑'이기 때문이다.

저자 약력

1951년 서울 생. 연세대학교 국어국문학과 및 동 대학원 졸업(문학박사).
홍익대학교 국어교육과 교수 역임.
현재 연세대학교 국어국문학과 교수.

주요 저서
문학이론서 <윤동주 연구>1983, <상징시학>1985, <심리주의 비평의 이해>1986 편저, <마광수 문학론집>1987, <카타르시스란 무엇인가>1997, <시학>1997, <문학과 성>2000, <삐딱하게 보기>2006, <연극과 놀이 정신>2009.
시집 <광마집>1980, <귀골>1985, <가자, 장미여관으로>1989, <사랑의 슬픔>1997, <야하디 얄라숑>2006, <빨가벗고 몸 하나로 뭉치자>2007, <일평생 연애주의>2010.
에세이집 <나는 야한 여자가 좋다>1989, <사랑받지 못하여>1990, <열려라 참깨>1992, <자유에의 용기>2005, <자유가 너희를 진리케 하리라>2005, <마광쉬즘>2006, <나는 헤픈 여자가 좋다>2007, <더럽게 사랑하자>2011, 낙서화첩 <소년 광수의 발상> 2011.
문화비평집 <왜 나는 순수한 민주주의에 몰두하지 못할까>1991, <사라를 위한 변명>1994, <이 시대는 개인주의를 요구한다>2007, <모든 사랑에 불륜은 없다>2008.
철학적 장편 에세이 <성애론>1997, <인간론>1999, <비켜라 운명아 내가 간다>2005.
소설 <권태>1990, <광마일기>1990, <즐거운 사라>1992, <페티시 오르가즘>1996, <첫사랑>1998, <알라딘의 신기한 램프>2000, <광마잡담>2005, <로라>2005, <유혹>2006, <발랄한 라라>2008, <귀족>2008, <사랑의 학교>2009, <돌아온 사라>2011.
홈페이지 www.makwangsoo.com

마광수
MA KWANG SOO

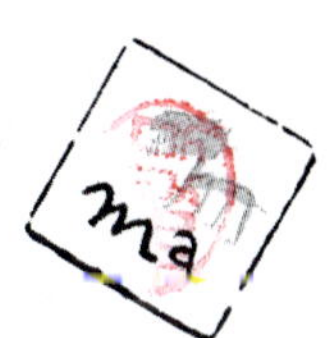

초판 인쇄 / 2011년 6월 10일
초판 발행 / 2011년 6월 15일

지은이 / 마 광 수
펴낸이 / 최 석 로
펴낸곳 / 서 문 당
주소 / 경기도 파주시 교하읍 문발리 514-3 파주출판단지
전화 / (031) 955-8255~6
팩스 / (031) 955-8254
창업일자 / 1968. 12. 24
등록일자 / 2001. 1. 10
등록번호 / 제406-313-2001-000005호

ISBN 978-89-7243-645-4
잘못된 책을 바꾸어 드립니다.